मोदीनामा

मोदीनामा

हिंदुत्व का उन्माद

सुभाष गाताडे

लेफ़्टवर्ड

पहला संस्करण, जुलाई 2019

लेफ़्टवर्ड बुक्स
2254/2 ए, शादी खामपुर
न्यू रंजीत नगर
नई दिल्ली – 110008
भारत

लेफ़्टवर्ड बुक्स नया रास्ता पब्लिशर्स प्रा. लि. की प्रकाशन शाखा है।

leftword.com

ISBN 978-81-940778-5-5

मुद्रक : चमन इंटरप्राईज़ेज़, दिल्ली

Modinama: Hindutva Ka Unmaad

by Subhash Gatade

रवि सिन्हा के लिए

विषय सूची

सज्जनो, हमारे युग का नायक दरअसल एक चित्र है। किसी व्यक्ति का चित्र नहीं बल्कि अपनी संपूर्णता में वह हमारी समूची पीढ़ी की बुराइयों का कुल जोड़ है।

– मिखाइल लेर्मोन्तोव, *ए हीरो ऑफ़ आवर टाईम*, 1840

भूमिका

मोदी 2

असल में संकट ये है कि पुराना मर रहा है और नया पैदा नहीं हो सकता। इस बीच के खाली जगह में लागातार अलग-अलग तरह की बिमारियों के लक्षण पनप रहे हैं।

– अंतोनियो ग्राम्सी, *जेल नोटबुक*, 1930

राष्ट्रीय स्वयंसेवक संघ के प्रचारक के तौर पर अपनी राजनीतिक यात्रा शुरु करने वाला एक व्यक्ति, नरेंद्र दामोदरदास मोदी, दुबारा भारत के प्रधानमंत्री पद के लिए चुना गया है। यह पहली बार है जब दक्षिणपंथी हिंदुत्ववादी सरकार दुबारा सत्ता में आई है। इनकी पिछली सरकार (1998-2004) सत्ता से बाहर कर दी गई थी। मोदी की भारतीय जनता पार्टी (बीजेपी) – और उसके साथी नेशनल डेमोक्रेटिक अलाएंस (एनडीए) – को इस बार 2014 से भी अधिक वोट और सीटें मिलीं। लोकसभा में भाजपा के सांसदों में से एक भी मुसलमान सांसद नहीं है। यानी भारत के सबसे बड़े धार्मिक अल्पसंख्यक समुदाय (200 मिलियन से अधिक जनसंख्या वाले) से एक भी व्यक्ति को संसद नहीं भेजा गया है।

प्रसिद्ध अर्थशास्त्री और नोबल पुरस्कार विजेता अमर्त्य सेन ने कहा था कि भारत ने '2014 से गलत दिशा में एक लंबी छलांग लगाई है'। सेन और कुछ अन्य विद्वानों ने कहा कि इस चुनाव में भारत का विचार और उसकी छवि दांव पर है। यह अलग तरीके से तय किया गया था जिससे कि हर दो भारतीय में से एक का वोट एनडीए को गया है। भाजपा और एनडीए के समर्थकों का उत्साह, उनका जोश, उनकी ताकत

और उनके उन्माद को देखकर समझ आता है कि मोदी के 'नया भारत या न्यू इंडिया' का जादू उनके सिर चढ़ कर बोल रहा है। मोदी के नए भारत का चेहरा बिल्कुल अलग होगा। आजादी की लड़ाई और आंदोलनों से निकले आजाद भारत से इस चेहरे का मिलान करना नामुमकिन जैसी कोई बात होगी।

2019 के लोकसभा चुनाव के परिणामों ने सबको चौंका दिया है। लेकिन इससे जो बातें सामने आई हैं वो बहुत सी और बातों को स्पष्ट कर देती हैं। मोदी और भाजपा ने सता के लीवर पर अपनी जोरदार पकड़ बना रखी है। भारतीय संविधान के मूल्यों और सिद्धांतों के लिए उनकी प्रतिबद्धता नाममात्र है। संविधान के निर्माणकर्ताओं के द्वारा बनाए गए संस्थागत नियंत्रण और संतुलन को उलट-पलट देने में भी उन्हें कोई हिचक नहीं है। वे भारतीय गणतंत्र को धर्म के आधार पर बहुसंख्यकों का देश बना देना चाहते हैं। धार्मिक अल्पसंख्यकों और राजनैतिक विरोधियों को वे आंतरिक शत्रुओं की तरह प्रदर्शित करते हैं। 'भारत का मतलब हिंदू भारत' जैसी जो अफवाहें ये उड़ाते हैं, वह बिल्कुल आरएसस और उसके सहयोगियों का नजरिया है। राज्य की शक्तियों के बल पर किए गए प्रचार, संघ परिवार और उसके अन्य साथी संगठनों के नेटवर्क और व्यापक प्रसार की मदद से मोदी और भाजपा एक बड़े निर्वाचन क्षेत्र में अपने आड़े आने वाली जाति और धर्म की बाधाओं को पार करने में सफल रहे हैं। इन्हीं निर्वाचन क्षेत्रों ने मोदी के पुनर्निर्वाचन को फिर से हवा दी। मोदी और सिर्फ मोदी।

क्या यह कहना ही काफी नहीं कि भारत अपने धर्मनिरपेक्ष अतीत और सांप्रदायिक भविष्य के बीच फंस कर रह गया है। यह किताब मोदी के शुरुआती पांच वर्षों की समीक्षा पर आधारित है और जो किसी भी द्वंद्व के परे है। धर्मनिरपेक्ष अतीत में भी सामाजिक पदानुक्रम और धार्मिक असहिष्णुता के बीज थे, मोदी जिनका विस्तार करने में सक्षम थे। पुलवामा आतंकी आक्रमण के संदर्भ में अंध-राष्ट्रभक्ति को बाह्य शत्रु और कट्टर दुश्मन जैसे विचारों की मदद से एकत्र करना और उस उन्माद का अपने पक्ष में इस्तेमाल कर लेना, युद्ध विरोधी मीडिया का आत्मसमर्पण कर देना, इन सारी घटनाओं से उस सड़ांध को साफ-साफ महसूस किया जा सकता है।

जब थोड़ी शांति होगी तब लोगों को समझ आएगा कि यह पूरा चुनाव, सोशल मीडिया खासकर व्हाट्सएप्प समूहों और चुनाव में खर्च की जा रही मोटी धनराशि से

प्रभावित था और उसी बल पर जीता गया है। ये सारी बातें सच हैं लेकिन मीडिया और पैसे भी इसलिए सफल हो सके क्योंकि वे दशकों से संघ परिवार द्वारा बोई जा रही दक्षिणपंथी संवेदना को हवा देने में सक्षम हो पाए। विविधता और समावेश की आवाजों को चुप करा दिया गया। किसानों के संकट, बेरोजगारी, मुद्रास्फीति, जैसे जीवन और आजीविका से जुड़े जरूरी मुद्दों की तरफ से लोगों का ध्यान पूरी तरह हटा दिया गया।

यह विपक्षी दलों के लिए गंभीर आत्मविश्लेषण का समय है। साथ ही वामपंथी दलों व अन्य क्षेत्रीय दलों के अलावा नागरिक समाज संगठनों के लिए भी उतने ही गहरे आत्मविश्लेषण का समय है। जो समावेशी और विविधतापूर्ण भारत के निर्माण का सपना देखते हैं उन्हें ये सोचना होगा कि जीवन और आजीविका जैसी आधारभूत बातें इन चुनावों का मुद्दा क्यों नहीं बन पाईं। ऐसा क्यों है कि सामान्य और सभ्य लोगों के लिए भी हिंदुत्व के ठगों और ठेकेदारों की कट्टरता और क्रूरता बेमानी हो गई है? आज आक्रामक और मर्दवादी कट्टरवाद हमारे समाज के लिए एक सामान्य सी बात क्यों हो गई है?

कहने का मतलब है कि ऐसा क्यों है कि बेहद जरूरी मुद्दे आज गैरजरूरी हो गए हैं? क्या इसके पीछे सिर्फ पैसा और मीडिया है या इससे भी बड़ी कोई और रुकावट है? विपक्ष के बीच की टूटन, देश के प्रमुख हिस्सों के आधे-अधूरे गठबंधन जैसी बातें कुछ हद तक तो इन सवालों के जवाब देती हैं लेकिन जो सवाल हमने यहाँ उठाए हैं वो चुनावी समीकरणों और जोड़-तोड़ से कहीं आगे और गहरे हैं। असल में मोदी और भाजपा ने सिर्फ चुनावी नक्शों को ही नहीं बदला है बल्कि सामाजिक मानदंडों के तोड़-फोड़ की भी शुरूआत कर दी है।

2019 के चुनाव के बाद दिए गए अपने पहले भाषण में मोदी ने कहा कि वह संविधान की मर्यादा को बनाए रखेंगे जबकि उनके पहले कार्यकाल के पांच वर्षों पर गौर करें तो उनकी कथनी और करनी के अंतर को साफ-साफ देखा जा सकता है। आने वाले पांच साल, पिछले पांच सालों से कुछ अलग होंगे इसकी कल्पना भी करना अनाड़ीपने की हद होगी। यह किताब प्रधानमंत्री के तौर पर मोदी के पिछले पांच वर्षों की यात्रा को देखते हुए आने वाले पांच वर्षों के लिए एक चेतावनी है।

मोदीनामा

बहुत ही कम समय में इस किताब को प्रकाशित करने के लिए सुधन्वा देशपांडे का विशेष आभार और बहुत-बहुत धन्यवाद। पांडुलिपि को और अधिक पठनीय बनाने के लिए विजय प्रशाद का आभार और शुक्रिया।

यह किताब मेरे पुराने दोस्त और कॉमरेड, शानदार शिक्षक, प्रसिद्ध मार्क्सवादी विद्वान और कार्यकर्ता रवि सिन्हा को समर्पित है।

प्रस्तावना

विचार ही अपराध

धर्म ने जिस हद तक तमाम विवादों को जन्म दिया है, सियासत को उलझा दिया है, सामाजिक विकास को अवरूद्ध किया है और दुनिया भर में इंसानी रिश्तों को बिगाड़ा है, इसे देखते हुए अक्सर यही कहने का मन करता है कि धर्म सचमुच इंसानियत का दुश्मन है। कम से कम इंसानियत के खिलाफ किया जाना वाला अपराध तो जरूर है . . . अब वक्त आ गया है कि दुनिया इस समझदारी को अपना ले और धर्म को इंसानियत के खिलाफ अपराध की स्वीकार्य वजह या औचित्य मानने से इंकार कर दे।

– वोले सोयिन्का, *रिलीजन अगेन्स्ट ह्यूमैनिटी*, 2012

शब्द और विचार – हर किस्म, हर रंग और हर लकीर के बुनियादपरस्तों को डराते हैं।

भक्तगण अपनी 'पवित्र किताबों' में लिखे किसी भी हिस्से को प्रश्नांकित करने के लिए तैयार नहीं होते। अगर किसी हिस्से को चुनौती दी गई तो वह बेचैन हो जाते हैं। वे एकमात्र उसी तरीके से उसकी प्रतिक्रिया देते हैं जिसे वह जानते हैं, मतलब वह विचारों से टकराने के लिए कुल्हाड़ी उठा लेते हैं और आजाद दिमागों से निपटने के लिए चाकुओं का इस्तेमाल करते हैं, संवेदनशील लोगों पर हमले करने से बाज नहीं आते और अपनी इन हरकतों को औचित्य प्रदान करने के लिए 'ज्ञान की किताबों' का सहारा लेते हैं।

किसी भी धर्म के पवित्र किताब की आधुनिक आलोचना, इन किताबों के अनुयायियों के सामने गंभीर समस्या और द्वंद्व खड़ा कर देती है। वह उन लोगों के सामने भी एक चुनौती बनती है जो लोकतंत्र या जम्हूरियत में यकीन रखते हैं।

क्या कहा जाए कि इन पवित्र किताबों में अगर धर्मनिंदकों को जला देने का संदर्भ हो या यह किताबें किसी पुरुष को कई स्त्रियों से शादी करने की अनुमति देती हों, वह हुक्मरानों को यह आदेश देती हों कि अगर किसी जाति विशेष में पैदा हुआ व्यक्ति धार्मिक स्तोत्रों को गाए या सुने तो उसकी जीभ काट दी जाए या उसके कानों में गर्म सीसा डाल दिया जाए? क्या किया जाए अगर इन किताबों के व्याख्याकार अपने अनुयायियों को पूजा के कुछ स्थानों से दूर रहने का आदेश दें या खुद महिलाओं को प्रताड़ित करें?

क्या किसी आलोचक और बुद्धिजीवी को इन सब बातों से अपनी नजरें फेर लेनी चाहिए और यह दावा करना चाहिए कि उसे कुछ नजर नहीं आ रहा है? क्या किसी बुद्धिजीवी को, आस्थाओं को मजबूत करने वाले इन कारनामों को औचित्य प्रदान करना चाहिए या कि उसे इस बात की आलोचना करनी चाहिए और खुल कर ये बताना चाहिए कि ऐसी हरकतें आधुनिक मूल्यों के साथ मेल नहीं खातीं?

एक आधुनिक राज्य, जो धर्मनिरपेक्ष होने का दावा करता है, उसे ऐसे मामलों में क्या करना चाहिए? क्या उसे ऐसी आलोचनाओं को फलने-फूलने देना चाहिए? क्या उसे इन पवित्र किताबों की हिफाजत के नाम पर विभिन्न अतिवादियों को इन आलोचनाओं के खिलाफ हिंसा का इस्तेमाल करने की अनुमति देनी चाहिए?

हमारा यह वक्त – जब सियासत में धर्म का विस्फोट नजर आता है – धर्म की आलोचना के इसी किस्म के *कलंकीकरण* का गवाह है। यह कलंकीकरण मामूली नहीं है। इसने लेखकों, तर्कवादियों और संस्कृतिकर्मियों की सुनियोजित हत्याओं और उनके खिलाफ एक संगठित हिंसा को जन्म दिया है। इसकी परिणति, प्रगतिशील सांस्कृतिक महोत्सवों पर बम फेंकने, हमारी साझी संस्कृति की विरासत को आगे बढ़ाने वाले धार्मिक स्थलों पर हमले, के रूप में हुई है।

दक्षिण एशिया ऐसी हिंसा का केंद्र दिखता है। बीता दशक ऐसी हत्याओं और हमलों को लेकर लगातार सुर्खियों में रहा है।

प्रस्तावना

पाकिस्तान : सलमान तासीर पंजाब (पाकिस्तान) के गवर्नर थे। उन्होंने एक दुखिया ईसाई महिला, आसिया नोरीन (जिसे आसिया बीबी के नाम से जाना जाता है) जो ईशनिंदा के आरोपों के तहत जेल में पड़ी थी, उसकी हिमायत की। तासीर ने न केवल उसका समर्थन किया बल्कि उन्होंने यह मांग भी की कि पाकिस्तान की कानूनी किताबों में से ईशनिंदा के समूचे विचार को ही हटा दिया जाए। 4 जनवरी 2011 को सलमान तासीर के अपने ही बॉडीगार्ड मुमताज़ कादरी ने उनकी गोली मार कर हत्या कर दी। अपनी हत्या के चंद रोज पहले, तासीर ने कहा था कि वे ईशनिंदा कानून के खिलाफ अपने संघर्ष को जारी रखेंगे भले ही वह 'अकेले हो जाएं'। महज दो माह बाद अल्पसंख्यक मामलों के फेडरल मंत्री शहबाज़ भट्टी को भी ऐसी ही किसी वजह से मार डाला गया। सात साल बाद, आसिया नूरीन को रिहा किया गया और पाकिस्तान छोड़ने की इजाजत मिली। ईशनिंदा कानून अभी भी बना हुआ है।

बांग्लादेश : 15 फरवरी 2013 को, नवफासीवादी इस्लामिस्टों ने एक युवा ब्लॉगर राजीब हैदर की उसके घर में घुस कर हत्या कर दी। उन्होंने उसे कुल्हाड़ियों से मार डाला। यह उस वक्त की घटना है, जब शाहबाग आंदोलन अपने उरूज पर था। हजारों की तादाद में लोग ढाका के शाहबाग इलाके में इकट्ठा हुए थे ताकि 1971 के उन युद्ध अपराधियों, जिनमें से अधिकतर जमाते-इस्लामी से जुड़े थे और जिन्होंने पाकिस्तानी दमन का समर्थन किया था, को सजा दिलवाई जा सके। राजीब हैदर इस्लामिक बुनियादपरस्ती और इस्लामिस्ट राजनीतिक समूहों का विरोधी थे। वह अपने ब्लॉग पर तथा अन्य सोशल नेटवर्किंग साइट्स पर उनके बारे में लिखते थे। राजीब हैदर ब्लॉगर्स के उस समूह का हिस्सा थे, जिन्होंने नवफासीवादी इस्लामिस्टों के साथ सीधे मोर्चा लिया था। हैदर की हत्या के एक दिन पहले, इस समूह के दूसरे सदस्य ब्लॉगर आसीफ मोहिउददीन पर येमेनी मौलवी अनवर अल-औलाकी की प्रेरणा से गठित अंसारूल्लाह बंगाली टीम से जुड़े चार सदस्यों ने उनके ही घर के बाहर हमला किया था। 7 मार्च 2013 को, दूसरे ब्लॉगर, ऑनलाइन एक्टिविस्ट और *नास्तिक नबी* अर्थात एथीस्ट प्रोफेट के तौर पर जाने जाने वाले सुनिउर रहमान को चाकू भोंका गया। यह हत्याएं रुकी नहीं। 11 जून 2018 को एक प्रकाशन गृह *बिशाखा प्रोकाशोनी* के मालिक शाहजहां बच्चू की उनके गृहनगर मुंशीगंज में हत्या कर दी गई।

भारत : भारत, जिसका दावा है कि वह 'दुनिया का सबसे बड़ा जनतंत्र' है, उसकी शक्ल भी इस किस्म की हिंसा के मसले पर अपने पड़ोसियों से कुछ अलग नहीं दिखती। यहाँ हत्यारे उतने ही प्रभावी दिखते हैं अलबत्ता यहाँ का राज्य न्याय दिलाने के मामले में पाकिस्तान और बांग्लादेश, दोनों से पीछे दिखता है। तासीर और राजीब हैदर के हत्यारों को पकड़ा भी गया है और उन्हें सजा भी मिली है। भारत में ऐसी कोई फुर्ती दिखाई नहीं देती। यहाँ उन जाने-माने लोगों की सूची प्रस्तुत की जा रही है जिन्हें विगत कुछ सालों में मार डाला गया :

नरेंद्र दाभोलकर, अंधश्रद्धा के खिलाफ संघर्षरत इस चर्चित कार्यकर्ता की 20 अगस्त 2013 को पुणे, महाराष्ट्र में हत्या कर दी गई। उनके हत्यारे अभी तक नहीं पकड़े गए हैं।

गोविन्द पानसरे, 20 फरवरी 2015 को जब वह अपनी सुबह की सैर से लौट रहे थे, उन्हें मार दिया गया। वह एक कम्युनिस्ट नेता थे। उन्होंने इतिहास और संस्कृति पर कई महत्वपूर्ण किताबें लिखी थीं। जिनमें से एक किताब उन्होंने शिवाजी पर लिखी थी। यह किताब शिवाजी पर किया गया एक गंभीर अध्ययन था। उनके गृहनगर कोल्हापुर में उन्हें मौत के घाट उतार दिया गया।

एम. एम. कलबुर्गी, वचन साहित्य के विद्वान और जाने-माने पुरालेखवेत्ता थे। 30 अगस्त 2015 को धारवाड़, कर्नाटक में उनकी हत्या हो गई। कर्नाटक विश्वविद्यालय से जुड़े होने के नाते कर्नाटक में उनके करियर का लंबा समय बीता था।

गौरी लंकेश, *लंकेश पत्रिके* की संपादक गौरी लंकेश एक कार्यकर्ता भी थीं। वह सांप्रदायिकता के खिलाफ लगातार सक्रिय थीं। 5 सितंबर 2017 को उनके अपने ही घर के दरवाजे पर उनकी हत्या कर दी गई।

यह तो कुछ जाने-माने लोगों के नाम हैं जिनकी हत्या हुई है। इनके जैसे कई अन्य हैं, जैसे लोहे के कबाड़ व्यापारी और एक पेरियारवादी संगठन, द्रविडार विदुथलाई कड़गम, के सदस्य ए. फारूक (उम्र 31 साल)। 18 मार्च 2017 को, तमिलनाडु के कोयम्बटूर में नवफासीवादी इस्लामिस्ट संगठन के सदस्यों ने उनकी हत्या कर दी। इस्लामिस्ट संगठन उनसे सिर्फ इसलिए क्षुब्ध थे क्योंकि फेसबुक और व्हाट्सएप जैसे समूहों में फारूक अपने नास्तिकतावादी और तर्कवादी विचारों को जोरदार ढंग से रखते थे।

प्रस्तावना

इनसे असहमति रखनेवाली आवाजों के दमन के लिए सिर्फ लक्ष्य बनाकर की गई हत्याएं और हमले ही एकमात्र तरीका नहीं हैं। इनके पास कई अन्य कपटी तरीके भी मौजूद हैं। इनमें सबसे ज्यादा इस्तेमाल किया गया तरीका है, लेखकों, उपन्यासकारों, संस्कृतिकर्मियों और कार्यकर्ताओं के खिलाफ ओछे किस्म के केस दायर करना। अक्सर ये आरोप एक जैसे ही रहते हैं। 'धार्मिक भावनाओं को आहत किया' जैसे आरोप। गौरी लंकेश के मित्र याद करते हैं कि किस तरह हिंदू अतिवादियों ने कर्नाटक के अलग-अलग भागों में उनके खिलाफ दो दर्जन से अधिक केस दायर किए हुए थे। उन्होंने गौरी के लेखन को निशाना बनाया था और दबाव बनाकर उन्हें खामोश कर देना चाहते थे।

बीत गए वे दिन, जब आप खुल कर अपनी असहमति प्रकट करते थे या किसी स्वस्थ्य सार्वजनिक बहस के लिए तैयार रहते थे। इन दिनों वर्चस्वशाली तबकों का जोर इस बात पर है कि किस तरह असहमति की आवाजों का अपराधीकरण किया जाए? अगर आप जयकारा लगाने या सिर्फ एक तटस्थ और मूक दर्शक बने रहने के लिए तैयार नहीं हैं तो आप सुरक्षित नहीं हैं, यही सत्ताधारी तबकों का संदेश है। अगर आप यथास्थिति कबूल कर लेने वाले कोई प्रोफेसर हैं तो आप सुरक्षित हैं लेकिन अगर आप असहमतियां रखते हैं तब आप सुरक्षित नहीं हैं। ट्रेड यूनियन कार्यकर्ता, एक्टिविस्ट, संपादक, पत्रकार, प्रोफेसर, किसी भी व्यक्ति पर किसी भी तरह के अपराध का आरोप लगाया जा सकता है और उसे सरकार द्वारा इस्तेमाल किए जाने वाले दमनात्मक कानूनों के दम पर भारत की जेलों में वर्षों तक सड़ते रहने के लिए भेजा जा सकता है।

असहमति का अपराधीकरण कोई नया नहीं है लेकिन केंद्र और कई राज्यों में हिंदू अतिवादियों की सरकारों के तहत वह अधिक खतरनाक हो चला है। एक नए किस्म की आक्रामकता साफ-साफ दिखाई दे रही है। द हूट नामक वेबसाइट जो भारत में मीडिया पर निगाह रखती है और नियमित रिपोर्टों का प्रकाशन करती है, उसने भारत के मीडिया जगत में आ रहे बदलावों को रेखांकित करने के लिए एक तालिका प्रस्तुत की है। इस तालिका में लेखकों, मीडियाकर्मियों और कार्यकर्ताओं पर दर्ज मामलों की सूची दी गई है। इस सूची में देशद्रोह और अवमानना जैसे मामलों की

संख्या में जबर्दस्त तेजी देखी जा सकती है। केंद्र में हिंदू अतिवादियों के स्थानापन्न होने के दो साल बाद ही यह छलांग दिखाई देती है। एक तरह से यह आंकड़े असहमति रखनेवालों के लिए चेतावनी हैं :

	2014	2015	2016	
देशद्रोह	0	0	11	(19 लोग)
अवमानना	4	2	28	
मौतें	0	1	1	
हमले	4	5	21	
सेंसरशिप	16	2	17	
धमकियां	5	1	7	

असहमति के अपराधीकरण का सिलसिला राज्यों के स्तर पर भी दिखता है। असम में, सरकार ने यह बताया कि '2016 में जब से भारतीय जनता पार्टी के अगुआई वाले गठबंधन ने सरकार की बागडोर संभाली है तब से 17 जिलों में देशद्रोह के लगभग 245 मामले दर्ज हुए हैं'।

अगर नजदीक से देखें तो कॉर्पोरेट सम्राटों, राज्य सत्ता के रखवालों और प्रभुत्वशाली धार्मिक-नस्लीय समुदायों के बीच एक अपवित्र सा गठबंधन कायम हुआ है, जिसकी परिणति तर्कशीलता और असहमति के स्वरों को कुचलने में दिखती है। जो यह सोचते हैं कि ऐसे मामलों का पत्रकारों, लेखकों, बुद्धिजीवियों पर कुछ असर नहीं होता, वह गलतफहमी में रहते हैं। वैसे पत्रकार जिन पर एक अग्रणी कॉर्पोरेट हाउस, अंबानी समूह की तरफ से मुकदमे दायर किए गए हैं, उन्होंने *स्क्रोल* की विजयता ललवानी को बताया (29 दिसंबर 2018) वह अब सचमुच खामोशी के चादर में लिपटे पड़े हैं। धमकियां अपना असर दिखाती हैं।

चीजें ऐसे पागल कर देनेवाले हद तक पहुंची गई हैं कि सर्वोच्च न्यायालय को भी चेतावनी देनी पड़ी, जब उसके सामने चर्चित क्रिकेटर महेंद्र सिंह धोनी के खिलाफ दायर मुकदमा पहुंचा। इस मुकदमे में यह दावा किया गया था कि भगवान विष्णु

के रूप में किसी पत्रिका के कवर पर छपे उनकी फोटो के चलते याचिकाकर्ता की 'धार्मिक भावनाएं आहत' हुईं। धोनी के खिलाफ दायर याचिका को खारिज करते हुए सर्वोच्च न्यायालय के न्यायमूर्ति दीपक मिश्रा, ए. एम. खानविलकर और एम. एम. शांतानागौदार की तीन सदस्यीय पीठ ने कहा, 'बेइरादे और लापरवाही से या बिना किसी सचेत या विद्वेषपूर्ण इच्छा के जब किसी तबके की धार्मिक भावनाएं आहत होती हैं' तब उन्हें धार्मिक भावनाओं के आहत होने की श्रेणी में शुमार नहीं किया जा सकता।

राष्ट्रीय स्वयंसेवक संघ के एक नेता – सुरेश भैयाजी जोशी – ने 2018 में भारत के सर्वोच्च न्यायालय पर 'हिंदुओं की भावनाओं को आहत' करने का आरोप लगाया। उसका कहना था कि जब अयोध्या विवाद के तहत बाबरी मस्जिद और उसकी जमीन के मुद्दे पर फैसला लेना था तब सुप्रीम कोर्ट ने उस मुद्दे को आगे बढ़ा दिया। जबकि सुप्रीम कोर्ट के पास इस विषय को आगे बढ़ाने के अपने कारण थे। अदालत का कहना था कि उसके पास और भी 'अधिक महत्वपूर्ण मुद्दे' हैं। उसी की प्रतिक्रिया में जोशी ने अदालत पर 'करोड़ों हिंदुओं' की भावनाओं को आहत करने के आरोप लगाए। हम लोगों ने उसी किस्म की शिकायतें तब सुनी थीं, जब सबरीमला मामले में सर्वोच्च न्यायालय ने दखल दिया था और सबरीमला मंदिर में 'रजस्वला औरतों' को भी प्रवेश करने का आदेश दिया था। राष्ट्रीय स्वयंसेवक संघ और भाजपा के एक के बाद एक कई नेताओं ने, यहाँ तक कि कांग्रेस के कुछ नेताओं ने भी इस अदालती फैसले पर सवाल उठाए थे और कानून को ऊंच-नीच के विचार पर टिकी परंपरा के अधीन करने की मांग की थी।

आहत होना अब साझा पैमाना बन गया है।

केरल में, मुस्लिम संगठनों ने तब अपना विरोध दर्ज किया जब कोझिकोड मे एक नाटक के दौरान एक छात्रा ने *अजान* दी। यह नाटक – *किताब* – उस लड़की के सपने की कहानी है, जहाँ वह अपने मौलवी पिता की तरह अजान देना चाहती है। मुस्लिम स्टूडेंट्स फेडरेशन और सोशल डेमोक्रेटिक पार्टी ऑफ़ इंडिया ने इसकी भर्त्सना करते हुए कहा कि यह 'जीवन जीने की मुस्लिम शैली' का अपमान है और कहा कि *अजान* सिर्फ पुरुष ही दे सकते हैं। *किताब* नाटक इस प्रश्न को उठाता है कि एक मुस्लिम लड़की क्या कर सकती है और क्या नहीं कर सकती है। जब वह लड़की नाटक में

भाग लेना चाहती है तो उसके पिता उसे कमरे में बंद कर देते हैं ताकि वह नाटक में न जा पाए। वह नाटक, जो काफी कामयाब हुआ था, अब हाशिए पर डाल दिया गया है।

'आहत भावनाओं' की दलील बेहद आसान है : अगर कोई व्यक्ति या यहाँ तक कि आला अदालत भी नवफासीवादियों द्वारा की जा रही सच्चाई की व्याख्या से असहमत होने का साहस करती है, उसे नतीजे भुगतने के लिए तैयार रहना होगा और अक्सर ऐसी प्रतिक्रियाएं बहुत हिंसक होती हैं।

'आहत भावनाओं' के नाम पर अक्सर किताबें कबाड़ बनाई जाती हैं। ए. के. रामानुजन का मौलिक निबंध *थ्री हंड्रेड रामायणाज* दिल्ली विश्वविद्यालय के पाठयक्रम से हटा दिया गया। नवफासीवादियों के हिंसा की धमकी सुनकर वेंडी डोनिगर की किताब द *हिंदूज : ऐन अल्टरनेटिव हिस्ट्री* भी हटा दी गई। यह किताबें तब हटाई गईं जब भाजपा सत्ता में नहीं थी। 2014 में जब भाजपा सत्ता में आई तब पार्टी के उभार ने उसके कार्यकर्ताओं को अधिक उन्मादी बनाया ताकि वह असहमति रखनेवालों के खिलाफ राज्य के समर्थन और अपनी ताकत का इस्तेमाल कर सके। यहाँ तक कि लेखकों के निजी अनुभव को संप्रेषित करने वाली रचनाओं पर भी पाबंदी लगती दिख रही है। ओमप्रकाश वाल्मिकी की *जूठन*, पेरूमल मुरूगन की रचनाएं, सोवेन्द्र हांसदा सेखर की रचनाएं और कांचा एलैया की किताब *व्हाय ए एम नॉट ए हिंदू*। ये ताकतें लोगों की जिंदगी अपने हिसाब से तय करना चाहती हैं। अपनी जिंदगी के अनुभवों को वे किस तरह समझें यह भी लोगों को बताया जा रहा है।

विचार ही अपराध हैं। जॉर्ज ऑरवेल अपनी रचना *1984* में (प्रकाशन वर्ष, 1948) गैरकानूनी विचारों यानी विचार अपराध की अवधारणा पेश करते हैं। अगर आप कोई ऐसी बात या किसी भी तरह का संदेह रखते हैं जो सत्ताधारी तबके की मुखालिफत करने वाले हैं, उन्हें 'विचार अपराध' कहा जाता है। दरअसल उन्हें तो ठीक से व्यक्त भी नहीं करना होता। सरकार न केवल लोगों के भाषणों या उनके लेखन को बल्कि उनके विचारों को भी नियंत्रित करने की कोशिश करती है। न केवल भारत बल्कि दक्षिण एशिया के बड़े हिस्से की यही स्थिति है। हम एक अन्यायपूर्ण राज्य की दिशा में रेंग रहे हैं।

एक

पवित्र किताब की छाया में

जिन चीजों से हमारा सामना होता है, वो बदली नहीं जा सकतीं लेकिन बिना उनका सामना किए कुछ बदल नहीं सकता।

– जेम्स बॉल्दविन, 1962

जनतंत्र संकट में है। लोकरंजकवादी और दुर्जनों के नेता सत्ता के शीर्ष पर पहुंचे हैं। ट्रंप, पुतिन, एर्दोगान, दुतेर्ते जैसे 'ग्लोबल दबंग' समस्या का संकेत दे रहे हैं। वह बड़ी तादाद में लोगों में अनुदारवादी विचारधाराओं के सम्मोहन को हवा दे रहे हैं। जनतंत्र के भविष्य के प्रति चिंताएं गैरवाजिब नहीं हैं।

2014 से 2019 के दरमियान भारत के प्रधानमंत्री के तौर पर नरेंद्र दामोदरदास मोदी के आगमन को इसी संदर्भ में देखना चाहिए। मोदी ने अपने सियासी जिंदगी की शुरूआत राष्ट्रीय स्वयंसेवक संघ, हिंदू पुरुषों के एक असमावेशी संगठन, के *प्रचारक* के तौर पर की। संसद में अपनी पहली मुलाकात में ही उन्होंने अपना चर्चित ऐलान किया कि संसद 'जनतंत्र का मंदिर' है और संविधान 'उनके लिए सबसे पवित्र किताब' है। मोदी ने यही बात कई अन्य मौकों पर भी दोहराई। संविधान की मसविदा समिति के अध्यक्ष डॉ. भीमराव आंबेडकर के 125वें जन्मदिन के अवसर पर लोकसभा के अपने संबोधन में और फिर वाशिंगटन डी.सी. में अमेरिकी कांग्रेस की साझा बैठक को संबोधित करते हुए उन्होंने यही कहा कि संविधान एक पवित्र किताब है।

लेकिन संविधान कोई पवित्र किताब नहीं है। जैसा कि डिक्शनरी बताती है – वह किसी 'आस्था, इतिहास और आचारों या दैवी प्रेरणाओं का बयान' नहीं है। उसे लोगों ने गढ़ा है और वह इसी तरीके से देखा जाना चाहिए।

उदारवादियों के एक हिस्से ने मोदी की भावनाओं को सुना और उनमें एक उम्मीद जगी। उन्होंने इसे एक संकेत के तौर पर देखा कि मोदी अपने विवादास्पद अतीत से मुक्त होकर एक नई शुरूआत करना चाहते हैं। इसे भारतीय संविधान के साथ राष्ट्रीय स्वयंसेवक संघ के विवादास्पद संबंध से प्रस्थान के तौर पर देखा गया। अब यह इतिहास में दर्ज है कि किस तरह राष्ट्रीय स्वयंसेवक संघ, संविधान (1950 की रचना) की जगह *मनुस्मृति* (ईसा पूर्व दूसरी और तीसरी सदी की रचना) को स्थापित करना चाहता था। *मनुस्मृति* के लिए उनकी यह श्रद्धा अब भी अटूट है।

क्या जनाब मोदी संविधान की मर्यादा बनाए रखेंगे, उसकी हिमायत करेंगे और उसे मजबूती देंगे और डॉ. आंबेडकर की कही इस बात को सुनिश्चित करेंगे कि भारत, राजनीतिक जनतंत्र (एक व्यक्ति, एक वोट) से सामाजिक जनतंत्र की तरफ (जहाँ नागरिक एक दूसरे को समृद्ध करें) बढ़े। निश्चित ही यह मोदी का रास्ता नहीं रहा है। उनका रास्ता खोखले वायदों का, *जुमलों* का रहा है। या शायद मोदी सिर्फ खोखला वायदा नहीं कर रहे थे। उनके दिमाग में प्राचीन दुनिया की तमाम पवित्र किताबें थीं, वे किताबें जो अन्याय, असमावेश और बहिष्करण पर टिकी यथास्थिति की हिमायत करती हैं, किताबें जो अपने अनुयायियों का आह्वान करती हैं कि वह सोपानक्रम, अधिक्रम या हायरार्की को अपनाए और जन्म के वक्त मिले कर्तव्यों का आज्ञापूर्वक पालन करें और फिर से जन्म यानी पुनर्जन्म लेकर अपने इस वर्तमान जन्म के आज्ञापालन के पुरस्कार का इंतजार करे।

जब नवनिर्वाचित मोदी, संसद के साझा सदनों में हुए राष्ट्रपति के अभिभाषण के बाद बहस का जवाब देने के लिए पहुंचे तब उन्होंने एक अहम बात कही। उन्होंने कहा, *बारह सौ साल की गुलामी की मानसिकता हमें परेशान कर रही है। बहुत बार हमसे थोड़ा ऊंचा व्यक्ति मिले तो सर ऊंचा करके बात करने की हमारी ताकत नहीं होती है*। यहाँ सबसे महत्वपूर्ण वाक्यांश है, 'बारह सौ साल की गुलाम मानसिकता'। मोदी ने भारतीय इतिहास की एक नई व्याख्या पेश की। हम स्कूल में जो सीखते आए

थे, यह बात उससे अलहदा है। हम अब तक औपनिवेशिक शासन के दौर यानी 'दो सौ वर्षों की गुलामी' की बात सुनते आए हैं। अब मोदी ने उसे 'बारह सौ सालों की गुलाम मानसिकता' तक बढ़ा दिया है। मोदी ने यहाँ यही किया कि उन्होंने ब्रिटिशों के उपनिवेशकालीन दौर और इसके पहले के मुस्लिम शासक वाले राज्यों के बीच के फर्क को मिटा दिया। यह राष्ट्रीय स्वयंसेवक संघ का नजरिया है जो कहता है कि 'मुसलमान' इस देश के लिए पराए और अजनबी हैं और उन्होंने 'हम' पर हजार साल तक हुकूमत किया है।

I

संविधान एक अधूरा दस्तावेज है। एक ऐसा दस्तावेज जो जनतंत्र के केंद्र में होता है, जहाँ नागरिक उससे दिशा निर्देशित होते हैं और उसे गतिमान बनाए रखने के लिए उसे बदल सकते हैं। एक पवित्र या धार्मिक किताब लोगों से उच्चतर होने का दावा करती है और अपने आप को अचूक मानती है। ऐसा कोई तर्क नहीं जिसके आधार पर एक जनतांत्रिक संविधान की तुलना किसी पवित्र किताब से की जाए।

सदियां लग जाती हैं पवित्र किताबों में मामूली बदलाव को अंजाम देने में। रोमन कैथोलिक चर्च को गैलिलिओ गैलीली पर अपने रुख को बदलने में 359 साल लग गए। 1633 में संपन्न एक न्यायिक जांच में चर्च ने गैलिलिओ को अपना यह रुख बदलने के लिए मजबूर किया था जिसमें गैलिलिओ ने कहा था कि पृथ्वी सूर्य का चक्कर लगाती है। 1992 में चर्च ने ऐलान किया कि गैलिलिओ सही थे। दूसरी तरफ, हमारा संविधान विगत 68 वर्षों में 100 से अधिक बार बदला जा चुका है।

संविधान की आत्मा अधिकतर पवित्र किताबों के सारतत्व के हिसाब से नहीं होती। भारत के संविधान की भूमिका महान किस्म के वादे से शुरू होती है। यह शब्द बड़े अक्षरों में लिखे गए हैं : *न्याय, आजादी, समानता और बंधुत्व।* इन पर जोर दिया गया है। यह शब्द प्राचीन ग्रंथों के शब्द नहीं हैं। उन्हें वहाँ ढूंढना असंगत और कालदोषयुक्त होगा। उन्हें संविधान के अग्रिम भाग में लाने के लिए उपनिवेशवाद विरोधी जन-आंदोलनों की जरूरत पड़ी, वह एक तरह से उपनिवेशवाद और

साम्राज्यवाद के खिलाफ चले जन-संघर्ष का फल है। यहाँ संविधान की उद्धेशिका यानी प्रीएम्बल को पूरा उद्धृत करना समीचीन होगा –

> हम, भारत के लोग, भारत को एक संपूर्ण प्रभुत्व संपन्न समाजवादी, धर्मनिरपेक्ष, लोकतंत्रात्मक गणराज्य बनाने के लिए तथा उसके समस्त नागरिकों को सामाजिक, आर्थिक और राजनीतिक न्याय; विचार, अभिव्यक्ति, विश्वास, धर्म और उपासना की स्वतंत्रता; प्रतिष्ठा और अवसर की समता प्राप्त कराने के लिए तथा उन सबमें व्यक्ति की गरिमा और राष्ट्र की एकता और अखंडता को सुनिश्चित करने वाली बंधुता को बढ़ाने के लिए प्रतिबद्ध होने का ऐलान करते हैं। . . . इस संविधान को अंगीकृत, अधिनियमित और आत्मार्पित करते हैं।

संविधान की असली परीक्षा यही होती है कि सरकार विशेषाधिकारविहीन, हाशिए पर पड़े और वंचित लोगों के लिए जनतंत्र को और अधिक मजबूत करने के लिए, इन सिद्धांतों को आगे बढ़ाने की कोशिश करती है या नहीं। खासकर दलितों, आदिवासियों और हाशिए की दूसरी और आबादियों के लिए।

II

लगभग सत्तर साल पहले जब भारत का संविधान अस्तित्व में आया तो उसने सत्यनिष्ठा के साथ यह ऐलान किया कि वह जाति, धर्म, लिंग, नस्ल आदि पर आधारित भेदभाव को समाप्त करेगा। संविधान के शब्द बिल्कुल सुस्पष्ट हैं।

लेकिन चेतावनी के संकेत मिलने लगे हैं। 16वीं लोकसभा में, सत्ताधारी पार्टी भाजपा का एक अदद मुस्लिम सांसद नहीं था। संसद में मुसलमानों का प्रतिशत, 60 के दशक से अब तक सबसे कम है। भाजपा ने बहुत कम मुसलमानों को टिकट दिया और चूंकि भाजपा ने बहुमत हासिल की इसलिए मुसलमानों की गैर-मौजूदगी, भाजपा के नामांकन के निर्णय से सीधे जुड़ी है। यह कोई आकस्मिक नहीं बल्कि सोची-समझी बात थी।

पवित्र किताब की छाया में

धीरे-धीरे मुसलमानों और अन्य धार्मिक अल्पसंख्यकों का हाशियाकरण किया जा रहा है, यह समाज में जारी बड़े मंथन का ही लक्षण है जहाँ मुसलमान, सरकार की नीतियों के चलते अपने आप को अनावश्यक समझ रहे हैं। उन्हें बार-बार यही बताया जा रहा है कि वे 'भारतीय' अर्थात हिंदू जीवनशैली अपनाएं और यह भी जोड़ा जा रहा है कि उनके प्रार्थना स्थल – मस्जिद – उनकी धार्मिक पहचान का एकीकृत हिस्सा नहीं हैं। दिल्ली विश्वविद्यालय में समाजशास्त्र के अध्यापक सतीश देशपांडे ने 2015 में लिखा कि कोशिश की जा रही है कि 'उत्पीड़न की अधिक स्थायी प्रणाली विकसित की जाए' जिसमें मुसलमान खुद 'अपने अधीनीकरण की प्रक्रिया के स्थायी साझीदार बनने के लिए मजबूर हो जाएं'। देशपांडे के मुताबिक 'उनकी नागरिकता के दायरे और गुणवत्ता की शर्तों को लादना इसका मूलभूत तत्व होगा। एक बार जब दोयम नागरिकता के बुनियादी सिद्धांत को वैधता प्रदान कर दी जाएगी फिर बाकी तमाम पुराने ठप्पे, जो खुशी-खुशी सहअस्तित्व, साझी संस्कृति, हिंदू धर्म की अंतर्जात सहिष्णुता आदि की बात करते हैं, उन्हें बेशर्मी के साथ दोहराया जा सकता है – गर्व से'।

जनतंत्र का निर्माण साझे आदर्शों और लक्ष्यों पर आधारित होता है न कि साझी नफरतों और अलगाव पर।

आधुनिक हिन्दोस्तान में पुराने भेदभाव अभी समाप्त नहीं किए गए हैं।

हाथ से मल उठाने के काम पर भारत में पाबंदी लगी है और उस पाबंदी को न केवल एक बार बल्कि दो बार अंजाम दिया गया है। एक बार 1993 में और दूसरी बार 2013 में। यह अलग बात है कि जमीनी स्थिति में कोई बदलाव नहीं है। लगभग आठ लाख लोग इस काम में आज भी मुब्तिला हैं, जिनमें से 95 फीसदी महिलाएं हैं।

भारत में दहेज पर पाबंदी है। दहेज पाबंदी अधिनियम 1961 तथा भारतीय दंड संहिता की दो धाराएं इस बात को स्पष्ट करती हैं कि दहेज गैरकानूनी है। इसके बावजूद यही देखने में आ रहा है कि भारत में दहेज़ के नाम पर हर साल आठ हजार हत्याएं होती हैं। जिसे कई दशकों पहले गैरकानूनी घोषित किया जा चुका है, उस प्रथा के नाम पर हर घंटे एक महिला मारी जाती है।

उत्पातियों के नए गिरोह, हत्यारी भीड़ और स्वयंभू हिंसक समूह आज सड़कों

पर हैं जो उनसे असहमति रखने वाले हर इंसान पर हमला करने की तैयारी किए बैठे हैं। गाय की रक्षा का सवाल मनुष्यों की रक्षा के पहले आता है। कानून के खिलाफ होने वाली सांप्रदायिक घटनाओं पर भी कोई कार्रवाई नहीं होती। उधर स्वयंभू हिंसक समूहों की हिंसा में बढ़ोत्तरी होती है, इधर राज्य खामोश रहता है। कभी हमलावरों के साथ खड़ा रहता है तो कभी तटस्थ होकर दूर रहता है। वंचित तबके पर हो रही हिंसा लगातार बढ़ रही है और कानून के प्रति विश्वास लगातार घटता जा रहा है। धीरे-धीरे भारतीय समाज सबसे गैर-बराबर समाजों में तब्दील होता जा रहा है, जहाँ ऊपर का एक फीसदी तबका रईस से और अधिक रईस होता जा रहा है, जहाँ मुल्क की आधी से अधिक कुल संपदा उनके बैंक खातों में या देश के कुछ बाहरी खातों में एकत्रित होती गई है। शासक जमातों द्वारा अपनाई गई नीतियां जहाँ एक तरफ संपन्नों को लाभ पहुंचा रही हैं, वहीं गरीबों के लिए जानलेवा बन गई हैं।

हिंसा और पूंजी ने जैसे संविधान को कमजोर करने की ठान ली है।

III

जनतंत्र किसे कहते हैं? वह हुकूमत का एक रूप होता है जिसमें सभी नागरिक बराबरी से सहभागी होते हैं। यह सहभागिता चुने हुए प्रतिनिधियों के जरिए या सीधी कार्रवाइयों के जरिए होती है। समानता और आजादी का विचार जनतंत्र की संस्थाओं को ढालता है। यह भी स्पष्ट है कि अगर लोग अपनी संस्थाओं और समाज को सुधारने के लिए सक्रिय साझेदार के तौर पर संघर्ष न करें तो जनतंत्र खोखला होता जाएगा।

हालांकि हमारे वक्त में जनतंत्र के बारे में इस तरीके से महसूस नहीं किया जाता है। आम लोग 'जनतंत्र' को राज्य की दमनात्मक मशीनरी यानी पुलिस, राजस्व विभाग और अन्य महकमों के जरिए समझते और जानते हैं। यही महकमे जनता को ये बताते हैं कि उन्हें कैसा आचरण करना चाहिए। उन्हीं की बताई बातों के माध्यम से यहाँ आम जनता जनतंत्र का अनुभव कर पाती है।

एक अहम तरीका और है जिसके जरिए एक नागरिक, जनतंत्र को समझता या महसूस करता है। वह है – मताधिकार का विचार। इस विचार में दो बातें महत्वपूर्ण

होती हैं – चुनाव लड़ने का अधिकार और बिना किसी डर और प्रलोभन के अपने प्रतिनिधि या नुमाइंदे चुनने का अधिकार। भारत निश्चित ही ऐसा जनतंत्र होने का दावा कर सकता है, जहाँ आजादी के वक्त ही हर नागरिक को बिना किसी प्रतिबंध के वोट का अधिकार मिल गया था। कहा जा सकता है कि उपनिवेशवाद विरोधी संघर्ष एक तरह से सार्वभौमिक वयस्क मताधिकार पाने का भी संघर्ष था। नए भारत के कर्णधार आजादी मिलने के कुछ माह बाद नवंबर 1947 से ही सार्वभौमिक वयस्क मताधिकार के आधार पर निर्वाचन संबंधी तालिका बनाने की तैयारी में जुट गए। सार्वभौमिक वयस्क मताधिकार के आधार पर प्रणाली का निर्माण राष्ट्रीय आंदोलन के नेहरू रिपोर्ट (1928) में किए गए वायदे का निर्वाह ही था।

भारतीयों ने अपने लिए सार्वभौमिक वयस्क मताधिकार की कल्पना की और इस विचार पर काम करते हुए एक राजनीतिक हकीकत को गढ़ा। यह अलग बात है कि वक्त के साथ, एक ठोस जनतंत्र बनाने की लोगों की कोशिश का अपव्यय हुआ है। हुकूमती जमातों ने जनतंत्र को सीमित करने के लिए ऐसी नीतियों का संचालन किया है, जो सूक्ष्म और स्थूल तरीकों से आगे बढ़ी हैं। नागरिकता का विचार ही खतरे में है। आप नागरिक हैं, इसे साबित करने के लिए सबूत की जरूरत पड़ती है। अगर आप 'अन्य' धर्म से जुड़े हैं तो आप को मताधिकार से वंचित करने की धमकी भी मिल सकती है। अगर आप अलग-अलग कसौटियों पर खरे नहीं उतरते तो आप को चुनावी मतदाता सूची से भी हटाया जा सकता है। दो करोड़ दस लाख महिलाएं भारत में मतदाता सूची में दर्ज नहीं हैं। महाराष्ट्र के एक करोड़ सत्तर लाख दलितों के नाम मतदाता सूची से बाहर कर दिए गए हैं। ये ऐसी कहानियां हैं जिनके बारे में सबको पता है। बाकी तो बिना किसी हंगामे के ही बाहर कर दिए गए हैं।

2018 में बप्पा सिन्हा ने *न्यूज़क्लिक* को नेशनल इलेक्टोरल रोल प्युरिफ़िकेशन ऐंड ऑथेन्टीकेशन प्रोग्राम के बारे में खबर दी जो आधार कार्ड को मतदाता पहचान पत्र से जोड़ने के लिए, 2015 में बना था और विवादास्पद हो चुका था। आला अदालत ने दखल देकर इस कार्यक्रम को समाप्त करवाया था। मुख्य चुनाव आयुक्त का कहना था कि लोगों को इस बात का संदेह था कि इस कार्यक्रम की परिणति 'चुनावी मतदाता सूची से तमाम लोगों के नाम हटाने में हो सकती है'। तेलंगाना में

बीस लाख लोग, मतदाता सूची से बाहर किए गए। बप्पा सिन्हा लिखते हैं 'लाखों नागरिकों से जुड़े डेटा और आधार सामग्री को जिस तरह साझा किया गया, वह निजता के बुनियादी अधिकार का सीधा-सीधा उल्लंघन था'।

असम की और आमतौर पर उत्तर-पूर्व की स्थिति अधिक परेशान करनेवाली है। 2018 के उत्तरार्द्ध में, संयुक्त राष्ट्रसंघ ने असम के लाखों मुसलमानों की 'राज्यविहीनता' के बारे में चिंता साझा की थी। सरकार ने उनके नाम नेशनल रजिस्टर ऑफ़ सिटीजंस अर्थात एनआरसी से हटा दिए हैं। विदेश मामलों की मंत्री सुषमा स्वराज को लिखे अपने पत्र में संयुक्त राष्ट्रसंघ के चार विशेष दूतों ने लिखा,

> यह आरोप लग रहे है कि ट्रिब्यूनल, असम के तमाम बंगाली मुसलमानों को बड़ी संख्या में विदेशी घोषित कर रहे हैं, जिससे राज्यविहीनता की स्थिति बनी है और लोगों के हिरासत में जाने का खतरा बढ़ा है। अंततः यह भी कहा जा रहा है कि नवीनीकृत एनआरसी के संभावित भेदभावजनक प्रभावों को बंगाली मूल के मुसलमानों के साथ हुए भेदभाव एवं हिंसा के लंबे इतिहास के आलोक में देखा जाना चाहिए। वह मुसलमान नस्लीय, धार्मिक और भाषाई अल्पसंख्यक हैं और उन्हें विदेशी समझा जाता रहा है। हालांकि असम में बंगाली मूल के मुसलमान, किसान कामगारों के ही वंशज हैं जिन्हें उपनिवेशकाल के दौरान 19वीं सदी में ही पूर्वी बंगाल से लाया गया था, इसके बावजूद उन्हें लंबे समय से *गैरकानूनी अप्रवासी* कहा जा रहा है। इसी शब्दाडंबर का नतीजा है कि बंगाली मुसलमान, ऐतिहासिक तौर पर विभिन्न किस्म के मानवाधिकार हनन का निशाना रहे हैं, जिसमें जबरन विस्थापन, मनमाने ढंग से निष्कासन और हत्याएं भी शामिल है।

इस तरह के संबोधन किसी भी संवेदनशील व्यक्ति को विचलित करने चाहिए।

असम में जारी उथल-पुथल के बीच ही संयुक्त संसदीय कमिटी ने नागरिकता अधिनियम, 1955 में संशोधन की बात पर गौर करना शुरू किया। मानवतावाद के आवरण में, उपरोक्त संशोधन में *वापसी के अधिकार* के विचार का सूत्रपात करने की बात चली, जिसमें कुछ लोगों अर्थात हिंदुओं के वापसी के अधिकार का स्वागत किया

जाना था जबकि बाकियों का स्वागत उस तरह नहीं था। यही वह संकीर्ण नस्लीय नीति है जिसका इस्तेमाल इजरायल करता है। दिल्ली ऐक्शन कमिटी फ़ॉर असम ने 2016 में इस बात को रेखांकित किया था,

> प्रस्तावित संशोधन इस बात पर आधारित है कि पड़ोसी मुस्लिम बहुल मुल्कों में गैर-मुस्लिम अल्पसंख्यकों का धार्मिक उत्पीड़न होता है। हालांकि बंटवारे के बाद अप्रवासन या इमिग्रेशन के मुद्दे को लेकर भारत के रुख को धार्मिक आधार ने 'सौम्य' तरीके से रेखांकित किया है, ज्यादा डरावना यह है कि मानवतावाद के आवरण में मौजूदा सरकार द्वारा जिस संशोधन को प्रस्तावित किया जा रहा है, वह धूर्तता से धार्मिक आधार पर वापसी का रास्ता खोल कर भारत के संविधान को ही उलट देता दिख रहा है। मौजूदा हुकूमत देश के अंदर और पड़ोस के मुल्कों में भी हाशिए पर पड़े गैर-हिंदू समुदायों के प्रति किसी भी किस्म का मानवतावादी सरोकार नहीं रखती।

IV

नागरिकता का विचार खतरे में है। इसका सीधा प्रभाव जनतंत्र पर दिख रहा है। यह तो एक समस्या है। दूसरी समस्या यह है कि सरकार विभिन्न तरीके की बाधाएं खड़ी कर रही हैं ताकि लोगों को चुनाव लड़ने के अनुभव से भी वंचित किया जा सके। मिसाल के तौर पर, पंचायती राज संस्था जैसे स्थानीय निकाय ऐसी बाधाओं के खड़े किए जाने के मामले में अव्वल रही हैं। ऐसी बाधाओं में प्रत्याशी की कितनी संतानें हैं और उसके पास घर है या नहीं है जैसी बातें भी शामिल हैं। अगर आप के ज्यादा बच्चे हैं या आप के घर में शौचालय नहीं बना है, जो कि कामगार तबकों के लिए बहुत सामान्य सी बात है, तो आप चुनाव नहीं लड़ सकते।

दो भाजपा शासित राज्यों में, सरकारों ने प्रत्याशी के लिए शैक्षिक योग्यता को भी पैमाने के तौर पर शामिल किया है। यह भारत में पहले कभी नहीं सुना गया था। राजस्थान में 2018 में भाजपा के चुनाव हारने के बाद सत्तासीन कांग्रेस सरकार ने

इस नियम को वापस लिया है हालांकि हरियाणा में चुनाव लड़ने के लिए न्यूनतम शैक्षिक योग्यता जरूरी है। अगर इन नए पैमानों को देखें तो गांव की लगभग 70 से 84 फीसदी आबादी चुनाव लड़ने के लायक नहीं है। यानी अनुसूचित जाति तथा महिलाओं से संबंधित अधिकतर लोग चुनाव लड़ने से वंचित किए जाएंगे। इस तरह जनतंत्र से लोगों के 'निर्वासन' पर न्यायपालिका ने अपनी मुहर लगा दी है।

इस तरह धीरे-धीरे हम एक *प्रबंधित* या *निर्देशित जनतंत्र* की दिशा में बढ़ रहे हैं, जहाँ कुलीन ही कर्णधार बने हुए हैं।

प्रश्न उठता है कि इन राज्यों के इतने सारे लोग आखिर शिक्षा से क्यों वंचित हैं? जनतंत्र से क्यों वंचित हैं? क्या उनका कोई दोष है? इसकी जिम्मेदारी राज्य पर ही होनी चाहिए, जिसके पास आबादी को शिक्षित करने के इंतजाम इतने नाकाफी हैं। राज्य की कमियों के लिए लोगों को दंडित किया जा रहा है। बच्चों की शिक्षा के अधिकार अधिनियम बनने के एक दशक गुजर जाने के बाद भी सार्वजनीन शिक्षा की दिशा में भारत में कोई विशेष सक्रियता नजर नहीं आती है। अगर हम राइट्स ऑफ़ चिल्ड्रेन टू फ्री ऐंड कंपल्सरी एजुकेशन ऐक्ट, 2009, के एक दशक बाद की स्थिति को समझने की कोशिश करें तो यह आंखें खोलने वाला साबित हो सकता है।

अखिल दिल्ली प्राथमिक शिक्षक संघ ने सर्वोच्च न्यायालय के सामने एक याचिका पेश की है, जिसमें बताया गया है कि सरकारी स्कूलों के बंद होने और सरकारी शिक्षकों की 9.5 लाख रिक्तियों के नहीं भरे जाने से बच्चे किस तरह प्रभावित होते हैं। लगभग 3.68 करोड़ बच्चे अभी भी स्कूल नहीं जा पाते। यह संख्या विचलित करनेवाली है। 'अखिल दिल्ली प्राथमिक शिक्षक संघ' की याचिका के ये आंकड़े बताते हैं कि किस तरह पूरे मुल्क में बच्चों के शिक्षा के अधिकारों का 'सुनियोजित और व्यापक उल्लंघन' चल रहा है। इस याचिका को खारिज कर दिया गया। आला अदालत के मुख्य न्यायाधीश जस्टिस रंजन गोगोई का कहना था 'हम चमत्कारों की उम्मीद ना करें। भारत एक विशाल मुल्क है। प्राथमिकताएं कई हैं और निश्चित ही शिक्षा भी एक प्राथमिकता है'। लेकिन ऐसा लगता तो नहीं है कि इस 'प्राथमिकता' पर कोई ध्यान दिया जा रहा है।

एक अवरोध के तौर पर देखें तो शिक्षा एक बेहद ताकतवर अवरोध है। चूंकि

मुफ्त और अनिवार्य शिक्षा के प्रति बच्चों के अधिकार के लिए बने अधिनियम की प्राथमिकताओं को पूरा करने के मामले में कोई उत्साह नहीं दिखता तो आने वाले वर्षों में करोड़ों लोगों के लिए इन बाधाओं को दूर करना मुश्किल होगा। स्थानीय स्वशासन संस्थाएं, वर्चस्वशाली जातियों और सत्ताधारी जमातों के नियंत्रण में बनी रहेंगी। आनेवाले दिनों में हो सकता है कि ये बाधाएं राज्य विधानसभाओं और लोकसभा की दिशा में भी बढ़ें।

आबादी के एक हिस्से को मौन करने के लिए शिक्षा की राह में पैदा की जाने वाली बाधाएं ही एकमात्र तरीका नहीं हैं। बहुत ही प्रभावी तरीके से आपसी सहमति, जैसे लोकतांत्रिक अवधारणा का इस्तेमाल भी आबादी के बड़े हिस्से को नागरिकता और मताधिकार से वंचित करने के लिए किया गया है। महाराष्ट्र के गांवों, रालेगान सिद्धी और हिवरे बाजार के उदाहरणों को अक्सर सहमति पर आधारित शासन की मिसाल के तौर पर उपयोग किया जाता है, जहाँ पूर्वसैनिक और रालेगान सिद्धी के अन्ना हजारे तथा हिवरे बाजार के पोपटराव पवार ने 'सहमति' के नाम पर एजेंडे को आगे बढ़ाया था। *इकॉनमिक ऐंड पॉलिटिकल वीकली* में 2015 में छपे एक आलेख (कल्चर, कम्युनिटी ऐंड इन्स्टिटयूशन्स : वोलेंट्री प्रोविजन ऑफ़ पब्लिक गुड्स इन महाराष्ट्र) पर गौर करें तो नीरज हटेकर, परिनाज़ मेहता और सविता कुलकर्णी जैसे अनुसंधानकर्ताओं ने यह पाया कि इन परियोजनाओं को सहमति ने आकार नहीं दिया। वे लिखते हैं कि 'हमारी पड़ताल यही बताती है कि सहयोग और सामूहिक कार्रवाई का तत्व बेहद कमजोर रहा है'। उनके मुताबिक 'उनका स्थायित्व बेहद महत्वपूर्ण तरीके से देख-रेख और सजा की प्रणालियों पर आधारित है। इसलिए ऐसा लगता है कि प्रतिमानों या मानकों के स्थापित इतिहास में यह कोई जरूरी नहीं कि किसी व्यक्ति की मूल्य प्रणाली में "बिना शर्त सहयोग" जैसे तत्व के स्थायी तरजीह की बात हमेशा के लिए बिठाई जा सके'। उन्होंने यही पाया कि लोग मौन रहते हैं और उनके मौन को सहमति मान लिया जाता है। यह मौन महिलाओं और उत्पीड़ित जातियों में बहुत अधिक है।

रालेगान सिद्धी और हिवरे बाजार कोई अपवाद नहीं हैं। 1990 के दशक के शुरूआत में, सरकार ने *समरस ग्राम पंचायत योजना* शुरू की जिसने 'सहमति के

जरिए शासन' का नारा बुलंद किया। इस योजना के तहत लोगों से कहा गया कि वह समूचे पंचायत नेतृत्व को सर्वसम्मति से वोट दें तो उन्हें विकास के लिए अतिरिक्त धनराशि मिल सकती है। भाजपा के मातहत यह परियोजना एक तरह से वर्चस्वशाली जातियों की सत्ता को बनाए रखने की प्रणाली बनी है। भाजपा, सहमति आधार पर बनी इन पंचायत प्रणालियों को 'आर्य संस्कृति की अनोखी प्रथा' के तौर पर देखती है। गुजरात सरकार ने अपनी समरस योजना के लिए 'आर्य संस्कृति' की इसी अवधारणा को अपनाया। गांव की 'मौलिकता, रिवाज और प्रथा' की हिफाजत करने के लिए यहाँ चुनावों को बेहद प्रभावी तरीके से खारिज किया जाता है। यह 'अनोखी आर्य संस्कृति' और कुछ नहीं बल्कि वर्णाधारित जाति व्यवस्था है, जहाँ वर्चस्वशाली जातियां सत्ता में हैं। सहमति के विचार के आधार पर किसी इलाके की ग्राम पंचायत की बागडोर को दबंग जातियों को सौंपने के अलावा स्थानीय ग्राम शासन के माध्यम से कॉर्पोरेट ताकतें भी इन्हें संचालित करती हैं।

2015 में एर्नाकुलम जिले के कांग्रेस प्रभुत्व वाले इलाके में अन्ना किटेक्स नाम के एक कॉर्पोरेट हाउस ने किडकम्बलम ग्राम पंचायत के चुनावों में जीत हासिल की। इसने एक पैनल खड़ा किया था, जिसे चुनावों में जबर्दस्त जीत मिली। पंचायत के निवर्तमान अध्यक्ष, जॉली बेबी ने प्रेस को बताया कि चुने हुए सदस्यों ने पहले अन्ना किटेक्स को लाइसेंस देने से मना किया था क्योंकि उन्हें इस बात का डर था कि औद्योगिक विकास के चलते पानी तथा आर्द्रभूमि (वेटलैंड्स) प्रदूषित होंगी। कम्युनिस्ट पार्टी से जुड़े पी. राजीव ने कहा कि यह 'पंचायत पर कॉर्पोरेट कब्जे का उदाहरण है'। चुने हुए प्रतिनिधि एक निजी कॉर्पोरेशन के तनख्वाहशुदा मुलाजिम हैं।

सहमति जनतंत्र का दम घोंटती है, कॉर्पोरेट जनतंत्र का स्वांग रचते हैं। और अगर वह कॉर्पोरेट घरानों द्वारा जमीनों के अधिग्रहण की मुखालिफत करने के लिए तैयार होती हैं तो 'टकराव के इलाकों' में राज्य की पूरी मशीनरी को पंचायतों के अधिकारों का गला घोंटने के लिए इस्तेमाल किया जाता है। जनतंत्र महज एक खोल बन जाता है। आवाजें दबा दी जाती हैं। जनतांत्रिक संस्थाओं का उद्यमियों और कट्टरपंथियों द्वारा अधिग्रहण कर लिया जाता है। छत्तीसगढ़ में माओवाद विरोधी मुहिम के नाम पर न केवल राज्य ने पंचायतों का दमन किया है बल्कि हिंदू बहुल

पंचायतों ने भी ऐसे प्रस्ताव पारित किए हैं जिसके तहत ईसाई गांव वालों को चर्च निर्माण करने से रोका गया है।

आज की तारीख में पंचायतों की तादाद 2.5 लाख है, जहाँ 32 लाख पंचायत प्रतिनिधि सक्रिय हैं। जिनमें से 12 लाख स्त्रियां हैं और यह एक गौरतलब उपलब्धि है। लेकिन इनके तले और इनके इर्द-गिर्द, समूची पंचायत राज प्रणाली को खोखला किया जा रहा है। यह एक त्रासदी है।

V

जनतंत्र का अनुभव बेकार है अगर जीवन और उसके केंद्र में नागरिकों के आर्थिक अधिकार नहीं हैं। *सबका साथ, सबका विकास* नारे के साथ भाजपा सरकार ने सत्ता हासिल की। उसके पास पहले की सरकारों द्वारा निर्मित किए हुए ऐसे साधन और कानून मौजूद थे, भले ही वे प्रभावी ढंग से अमल में नहीं लाए गए हों।

2005 में संसद ने सूचना अधिकार अधिनियम पारित किया। इसने जवाबदेही और पारदर्शिता के दायरे को और व्यापक बनाया। पांच साल बाद, संसद ने बच्चों के लिए मुफ्त और अनिवार्य शिक्षा के अधिकार का अधिनियम पारित किया। 2013 में संसद ने भोजन सुरक्षा अधिनियम पर मुहर लगाई। भूख के संकट को संबोधित करने के लिए सरकार ने 2005 में राष्ट्रीय ग्रामीण रोजगार अधिनियम को एक अंतरिम कदम के तौर पर लागू किया। यहाँ इस बात को रेखांकित करना महत्वपूर्ण है कि यह सभी अधिनियम तब अस्तित्व में आए जब कम्युनिस्टों के बाहरी समर्थन से संयुक्त प्रगतिशील गठबंधन की सरकार सत्ता में आई थी। संसद के इन अधिनियमों ने लोगों के आर्थिक अधिकार को सुधारने की संभावना पैदा की। यह पहल समाज के हाशियाई तबकों, दलितों और आदिवासियों के लिए सबसे लाभप्रद रही। सूचना के अधिकार अधिनियम ने लोगों को जहाँ सरकारी मशीनरी से सूचना हासिल करने में सक्षम बनाया वहीं राष्ट्रीय ग्रामीण रोजगार अधिनियम, उनके अभाव और तंगी के दिनों में कारगर रहा।

भाजपा के सत्ता में आने के बाद से किस तरह से इन अधिकारों का लगातार

क्षरण हुआ है, इस तथ्य को समझने के लिए किसी गहरे अध्ययन की भी जरूरत नहीं। भाजपा ने इन कामों को अंजाम देने के लिए कानूनी रास्ते तथा इन अधिनियमों की पूर्ति के लिए अधिकारियों के भर्ती के मसले पर फंड की कमी के बहाने का इस्तेमाल किया। फंड घटते गए, संस्थाओं पर ताले जड़ते गए और समाज कल्याण के लिए बनी संस्थाओं को ही उन्हें कमजोर करने के लिए इस्तेमाल किया गया। भाजपा ने राष्ट्रीय ग्रामीण रोजगार अधिनियम के अमल में यह कहते हुए कैंची चलाई कि 'वह कांग्रेस सरकार की नाकामयाबियों का प्रतीक' है। उसने इस योजना के लिए कुछ हजार करोड़ रूपयों का आबंटन किया, मगर इस बात को छिपाए रखा कि उसका एक चौथाई हिस्सा बीते सालों के बकाए का है। भोजन सुरक्षा अधिनियम पर भाजपा सरकार ने 2016 तक अमल तक नहीं किया और कार्यकारी आदेशों से उसकी समय सीमा बढ़ाती गई। वैश्विक भोजन सूचकांक में 119 मुल्कों की कतार में भारत 103 नंबर पर स्थित है। बांग्लादेश और इथिओपिया के बाद उसका स्थान आता है। शिक्षा का मसला वैसे भी भाजपा के एजेंडे में रहनेवाला नहीं था। राजस्थान सरकार ने पंचायत चुनावों के लिए शैक्षिक योग्यता निर्धारित की थी, जिसे हजारों स्कूलों को समायोजन के नाम पर बंद कर दिया। राजस्थान की इस नीति को अब पूरे मुल्क पर लागू किया जा रहा है। महाराष्ट्र सरकार ने पिछले दिनों चार हजार सरकारी स्कूल यह कहते हुए बंद कर दिए कि उनके यहाँ दस या उससे भी कम छात्र हैं। अब निजी कंपनियां राज्य में स्कूल खोलने वाली हैं। जाहिर है कि जैसे-जैसे सरकारी स्कूल बंद होंगे, वैसे-वैसे गरीबों खासकर दलितों और आदिवासियों के लिए पढ़ाई का कोई स्थान नहीं बचेगा।

VI

जनतंत्र का वजूद तब तक बना नहीं रह सकता जब तक हम व्यक्तिगत अधिकारों की हिफाजत न करें और लोगों के सामाजिक-सांस्कृतिक अधिकारों को सुगम न बनाएं। डॉ. आंबेडकर ने 'संवैधानिक नैतिकता' की बात की थी जो 'सामाजिक

नैतिकता' को लांघने के लिए जरूरी होती है। समाज के प्रतिमानों को संविधान के नियमों के साथ सामंजस्य बिठाने की जरूरत है।

सब कुछ – व्यक्तिगत अधिकार, लोगों की पसंद-नापसंद – राज्य और स्वयंभू दक्षिणपंथी समूहों के निशाने पर हैं। अपनी पसंद से कपड़े पहनने का अधिकार, अपनी मर्जी से शादी करने का अधिकार, यहाँ तक कि अपने पसंद के भोजन का अधिकार भी – सब कुछ राज्य की कार्रवाइयों और दक्षिणपंथी हमलों के डर से सहमा सा है। 1993 में भारत के हर समुदाय, हर रिवाज और आदत के एक देशव्यापी अध्ययन को ऐन्थ्रोपॉलॉजिकल सर्वे ऑफ़ इंडिया (भारतीय मानवविज्ञान सर्वेक्षण; एएनएसआई) ने पूरा किया था। आठ साल तक चले इस अध्ययन का दिशानिर्देशन कुमार सुरेश सिंह ने किया, जिन्होंने अपने निष्कर्षों में यही पाया कि भारत में मौजूद 4,635 समुदायों में से 88 फीसदी मांसाहारी हैं। 'सेंटर फ़ॉर द स्टडी ऑफ़ डेवलपिंग सोसायटीज' द्वारा 2006 में किए गए अध्ययन 'स्टेट ऑफ़ द नेशन' ने एएनएसआई के इस अध्ययन की ही ताईद की थी। उसने पाया था कि भारत की विशाल आबादी का बहुलांश मांसाहारी है और अधिक से अधिक 31 फीसदी लोग शाकाहारी हैं। भारत में वास्तविक विभाजन शाकाहारी और मांसाहारी के बीच नहीं बल्कि भूखों और भर पेट भोजन मिलने वालों के बीच है।

भूख भारतीय अनुभव का केंद्रीय हिस्सा है। लोगों को पर्याप्त भोजन मिल सके इसके लिए रास्ता ढूंढने के बजाए भाजपा और स्वयंभू समूह इसी बात में मुब्तिला दिखते हैं कि क्या खाना चाहिए और क्या नहीं खाना चाहिए। भूख के प्रति यह बेहद क्रूर रवैया है। गुजरात में सरकार, जैन समुदाय की इस मांग पर झुकी कि जैनों के पवित्र स्थान, पलिटाना (भावनगर के पास) को 'शाकाहारी क्षेत्र' घोषित कर दिया जाए। मोदी के प्रधानमंत्री बनने के कुछ समय बाद ही ये कदम उठाया गया। पशुओं के नियमित वध पर इस इलाके में पाबंदी लगा दी गई और कसाई की लगभग 260 दुकानें बंद कर दी गईं। मांसाहार की बिक्री करने वाले रेस्तरां बंद कर दिए गए। एक तरह से यह आने वाले वक्त की बानगी थी।

भोजन का भी अपराधीकरण किया गया। बीफ़ पर पाबंदी के बाद, दलितों और

मुसलमानों को हिंसक हमलों का सामना करना पड़ा। इस पाबंदी ने सीधे-सीधे लोगों की जीविका को प्रभावित किया, इस रोजगार से जुड़े लोगों को अनावश्यक घोषित कर दिया गया है और इससे खेतों में भी अव्यवस्था फैल गई है क्योंकि आवारा पशु अब फसलों को नुकसान पहुंचा रहा हैं, उन्हें चर रहे हैं। इस तरह दलितों, आदिवासियों, मुसलमानों, ईसाइयों की एक बड़ी आबादी को प्रोटीन के सबसे सस्ते साधन – बीफ़ – से वंचित कर दिया गया है। मालूम हो कि मटन की तुलना में बीफ़ तीन गुना सस्ता पड़ता है। तमाम लोगों के पारंपरिक भोजन का वह महत्वपूर्ण हिस्सा रहा है। अब उनकी परंपराएं भी अप्रासंगिक घोषित कर दी गई हैं। अब सिर्फ ताकतवर जातियों की परंपराएं ही महत्वपूर्ण हैं।

बीफ़ एकमात्र ऐसा गोश्त नहीं है जिस पर प्रतिबंध लगे हैं। अन्य मांसाहारी भोजन भी निगरानी के दायरे में आए हैं। 'अवैध बूचड़खाने' इसी नाम पर बंद किए गए और कुछ स्थानों पर मिड डे मील योजना में अंडों का वितरण बंद कर दिया गया। प्रोटीन का बुनियादी वितरण बाधित हुआ है।

भाजपा जैसी पार्टी जो आमतौर पर बीफ़ के उपभोग का विरोध करती है, उसे यह कहने से गुरेज नहीं है कि केरल, गोवा तथा उत्तर-पूर्व के राज्यों में – जहाँ वह चुनावी बढ़त हासिल करना चाहती है – वह बेहतर क्वालिटी का बीफ़ उपलब्ध कराएगी और यह भी कि संघ का सदस्य होने के लिए बीफ़ का उपभोग कोई बाधा नहीं है।

न केवल सरकार ने भूख की समस्या की उपेक्षा की बल्कि उसने जातिगत भेदभाव के मसलों की भी अनदेखी की। सरकार ने बेहद कमजोर प्रतिनिधि को अत्याचार निवारण अधिनियम की हिफाजत करने के लिए अदालत में भेजा, इतना ही नहीं जब सर्वोच्च न्यायालय के दो न्यायाधीशों ने इस कानून को कमजोर किया, तब भी सरकार ने इस मामले में तत्काल शिकायत नहीं की। जबकि सरकारी रिकॉर्ड खुद बताते हैं कि दलितों और आदिवासियों पर अत्याचार बढ़े हैं, उसने अध्यादेश जारी करने में महीनों लगा दिए। बहुत बाद में भाजपा सरकार को अत्याचार निवारण अधिनियम के संशोधन के निर्णय को उचित ठहराने के लिए मजबूर होना पड़ा 'ताकि सर्वोच्च न्यायालय के इस निर्णय को खारिज किया जा सके, जिसने ऐसे मामलों में भी अग्रिम जमानत का प्रावधान लागू किया था और यह कहना पड़ा कि अनुसूचित

जाति-अनुसूचित जनजाति समुदायों के सदस्यों पर आज भी अत्याचार जारी हैं और उन्हें संरक्षण की जरूरत है'।

VII

आखिर लोगों को खुद को किस तरह पेश करना चाहिए? अपना वर्णन किस तरह करना चाहिए? जनतंत्र में, अपने आप को बयां करने का, अपने वजूद के अधिकार की पुष्टि करने का बुनियादी अधिकार होता है। भारत के उत्पीड़ित समुदायों द्वारा, दलितों और आदिवासियों द्वारा, इस अधिकार को अहमियत दी जाती है। 7 अगस्त 2018 को सूचना और प्रसारण मंत्रालय ने एक सर्कुलर जारी करके मीडिया को यह सलाह दी कि वह अनुसूचित तबके के सदस्यों को संदर्भित करने को लेकर 'दलित' शब्द का इस्तेमाल करने से बचे। उसने कहा कि अनुसूचित जाति नामक इस संवैधानिक शब्दावली को अंग्रेजी में भी इस्तेमाल किया जाए और आधिकारिक कार्यवाहियों के लिए अन्य राष्ट्रीय भाषाओं में उसके अनुवाद को इस्तेमाल किया जाए। प्रेस काउंसिल ऑफ़ इंडिया को यह कहना पड़ा कि इस किस्म की पाबंदी 'न संभव है और न ही उचित'।

प्रस्तुत निर्णय संविधान द्वारा सुनिश्चित समानता के बुनियादी अधिकारों (अनुच्छेद 14), भेदभाव से मुक्ति (अनुच्छेद 15) और जीवन तथा आजादी का अधिकार (अनुच्छेद 21) के खिलाफ जाता है। विभिन्न दलित समूहों की नुमाइंदगी कर रहे श्रीराम पराक्काट ने केंद्र सरकार के इस परिपत्र को सर्वोच्च न्यायालय के सामने चुनौती दी। पराक्काट की याचिका में कहा गया था कि 'दलित' शब्द खुद चुना गया है, यह एक 'सकारात्मक स्व-पहचान और राजनीतिक अस्मिता' का परिचायक है। अदालत ने इस याचिका को खारिज किया।

भाजपा द्वारा संचालित जनतंत्र की बहुसंख्यकवादी समझदारी में ऐसी आत्म-अभिव्यक्ति के लिए कोई स्थान नहीं है। यह समूची प्रक्रिया उसी बात की याद दिलाती है जिसका जिक्र जयंत लेले अपनी किताब *हिंदुत्व : द इमर्जन्स ऑफ़ द राइट* (1995) में करते हैं, जहाँ वह हिंदुत्व की तीन जरूरी विशिष्टताओं को चिह्नित

करते हैं – 'वर्चस्वशाली (हेजेमनिक), समरूपिकरणमूलक (होमोजेनाइजिंग) और शिक्षामूलक (पेडोगोगिक) – सभी एक साथ और बेहद जटिल अंतरगुंथित तरीकों में'। हिंदुत्व की यह कोशिश रहती है कि वह उत्पीड़ित के नजरिए को समाप्त करके उसे भी अपने नजरिए से सहमत करा दे।

सवाल महज यह नहीं है कोई अपने आप को किस तरह बयां करता है बल्कि यह भी है कि वह अपने जीवनानुभव को कैसे देखता है। आप कथित तौर पर जिस धर्म से जुड़े हैं, उसके बारे में कोई भी मीमांसा या वह धर्म जिस तरह आपके साथ पेश आता है, उसे हिंदुत्व की विचारधारा के माध्यम से ही प्रतिबिंबित होना चाहिए। यही वजह है कि जाति व्यवस्था और हिंदू धर्म से जुड़े मसलों पर बिल्कुल रैडिकल ढंग का आलोचनात्मक नजरिया पेश करने वालों की आवाजों को भाजपा ने अपना निशाना बनाया है, जिसके तहत ओमप्रकाश वाल्मीकि की आत्मकथा *जूठन*, पेरूमल मुरूगन और सोवेन्द्र हांसदा सेखर जैसों की रचनाएं निशाने पर आई हैं। यही वजह है कि उन्हें कांचा एलैया की किताब *व्हाय आई एम नॉट ए हिंदू* एक खतरा प्रतीत होती है। यही वजह है कि उन्हें स्कूलों और विश्वविद्यालयी पाठयक्रमों में अनुमति नहीं दी जा सकती।

यहाँ तक कि डॉ. आंबेडकर भी वही नहीं रह सकते, जो वह वास्तव में थे। एक साफ-सुथरे (सैनिटाइज्ड) और मनगढ़ंत आंबेडकर पेश किए जाते हैं, ऐसे आंबेडकर जो हिंदुत्व की विचारधारा के करीब हों और उन्हें हिंदू धर्म के आलोचक के बजाए 'हिंदू समाज सुधारक' कहना ठीक जान पड़े। महाराष्ट्र सरकार ने खुद डॉ. आंबेडकर द्वारा निर्मित आंबेडकर भवन को नष्ट कर दिया ताकि सत्रह मंजिल वाले एक व्यावसायिक इमारत के लिए जगह मिल सके। इस तबाही को एक शनिवार सुबह अंजाम दिया गया। ऑफ़िस फ़र्नीचर, प्रिंटिंग प्रेस और किताबों के दुर्लभ संग्रह, सब जमीन में समा गया। वे किताबें जो दफन नहीं हो सकीं, उन्हें पानी के बौछारों से नष्ट किया गया।

डॉ. आंबेडकर को भी अपने जैसा होने की अनुमति नहीं दी जा सकती। गुजरात की भाजपा सरकार ने सरकारी स्कूलों के लिए डॉ. आंबेडकर की एक जीवनी लिखने का काम किसी को सौंपा। लेखक ने डॉ. आंबेडकर की उन बाईस प्रतिज्ञाओं को किताब में शामिल किया, जिन्हें 1956 में बौद्ध धर्म स्वीकार करते वक्त आंबेडकर

और उनके अनुयायियों ने स्वीकारा था। इन प्रतिज्ञाओं में डॉ. आंबेडकर ने हिंदू धर्म से पूरी तरह संबंध विच्छेद की बात की थी। यह प्रतिज्ञाएं हिंदू विश्वासों और आचारों की जड़ों पर जबर्दस्त प्रहार करती हैं। प्रतिज्ञाएं इस प्रकार हैं :

1. मैं ब्रह्मा, विष्णु और महेश में विश्वास नहीं रखूंगा और न ही मैं उनकी पूजा करूंगा।
2. मैं राम और कृष्ण, जो भगवान के अवतार माने जाते हैं, में कोई आस्था नहीं रखूंगा और न ही मैं उनकी पूजा करूंगा।
3. मैं गौरी, गणपति और हिंदुओं के अन्य देवी-देवताओं में आस्था नहीं रखूंगा और न ही मैं उनकी पूजा करूंगा।
4. मैं भगवान के अवतार में विश्वास नहीं करता हूँ।
5. मैं यह नहीं मानता और न कभी मानूंगा कि भगवान बुद्ध विष्णु के अवतार थे। मैं इसे पागलपन और झूठा प्रचार-प्रसार मानता हूँ।
6. मैं श्राद्ध में भाग नहीं लूंगा और न ही पिंड-दान दूंगा।
7. मैं बुद्ध के सिद्धांतों और उपदेशों का उल्लंघन करने वाले तरीके से कार्य नहीं करूंगा।
8. मैं ब्राह्मणों द्वारा निष्पादित होने वाले किसी भी समारोह को स्वीकार नहीं करूंगा।
9. मैं मनुष्य की समानता में विश्वास करता हूँ।
10. मैं समानता स्थापित करने का प्रयास करूंगा।
11. मैं बुद्ध के आष्टांगिक मार्ग का अनुषरण करूंगा।
12. मैं बुद्ध द्वारा निर्धारित परमितों का पालन करूंगा।
13. मैं सभी जीवित प्राणियों के प्रति दया और प्यार रखूंगा तथा उनकी रक्षा करूंगा।
14. मैं चोरी नहीं करूंगा।
15. मैं झूठ नहीं बोलूंगा।
16. मैं कामुक पाप नहीं करूंगा।

17. मैं शराब, ड्रग्स जैसे मादक पदार्थों का सेवन नहीं करूंगा।
18. मैं महान आष्टांगिक मार्ग के पालन का प्रयास करूंगा एवं सहानुभूति और दया का दैनिक जीवन में अभ्यास करूंगा।
19. मैं हिंदू धर्म का त्याग करता हूँ, जो मानवता के लिए हानिकारक है, जो उन्नति और मानवता के विकास में बाधक है क्योंकि यह असमानता पर आधारित है और स्वधर्म के रूप में बौद्ध धर्म को अपनाता हूँ।
20. मैं दृढ़ता के साथ यह विश्वास करता हूँ कि बुद्ध का धम्म ही सच्चा धर्म है।
21. मुझे विश्वास है कि मैं फिर से जन्म ले रहा हूँ।
22. मैं गंभीरता एवं दृढ़ता के साथ घोषित करता हूँ कि मैं इसके बाद अपने जीवन का बुद्ध के सिद्धांतों व शिक्षाओं एवं उनके धम्म के अनुसार मार्गदर्शन करूंगा।

जैसा कि स्पष्ट है कि यह प्रतिज्ञाएं नव-बौद्धों से यह कह रही थीं कि वह अंध-श्रद्धा, खर्चीले और अर्थहीन रस्मों से अपने आप को मुक्त कर लें। इसने आम जनता के दरिद्रीकरण को बढ़ावा दिया था और वर्चस्वशाली जातियों को समृद्ध बनाया था। ये प्रतिज्ञाएं नव-बौद्धों से यह अपील कर रही थीं कि वे हिंदू ईश्वर पर विश्वास न रखें और न ही उनकी पूजा करें।

मोदी की नजदीकी सहयोगी आनंदीबेन पटेल की हुकूमत ने इस जीवनी की लाखों प्रतियां नष्ट कर दीं क्योंकि उनमें यह प्रतिज्ञाएं मुद्रित थीं।

VIII

दलितों की पहचान को परिभाषित करने की सरकार की चाहत सिर्फ उन तक सीमित नहीं है। इसी किस्म के सूत्रीकरण आदिवासियों और अन्य उत्पीड़ित समुदायों के संदर्भ में इस्तेमाल किए जाते हैं। 'आदिवासी' शब्द पर भी सवाल उठ रहे हैं। इसका अर्थ होता है 'मूल निवासी'। हिंदुत्व की विचारधारा एक दूसरे शब्द पर जोर देती है और वह है – 'वनवासी' अर्थात 'जंगल में रहनेवाले'।

आदिवासी यहाँ हिंदुओं से पहले के निवासी नहीं हो सकते ताकि वह उस जमीन

पर अपने अधिकार का दावा न कर सकें जैसा कि वर्चस्वशाली जातियां कर रही हैं। उन्हें जंगल में ढकेल देना होगा। धीरे-धीरे आदिवासियों को हिंदुत्ववादी विचारधारा के चंगुल में खींचा जा रहा है। उनके रिहायशी इलाकों में हनुमान की मूर्तियां खड़ी की जा रही हैं और शबरी कुंभ जैसे नए त्यौहारों को शुरू किया जा रहा है ताकि हिंदू धर्म और हिंदुत्व के साथ उन्हें जोड़ा जा सके। जैसे-जैसे आदिवासियों का हिंदूकरण बढ़ रहा है, घर *वापसी* के इर्द-गिर्द कार्यक्रम बड़ी तेजी से चल रहे हैं। वनवासी समुदायों को अपने उन भाइयों के खिलाफ खड़ा किया जा रहा है, जिन्होंने ईसाई धर्म अपना लिया है।

समाज विज्ञानी गोल्डी जॉर्ज अपने एक महत्वपूर्ण आलेख – *आदिवासीज़ इन फ़ासिस्ट रेजीम* में लिखते हैं कि 'सीखने और शैक्षिक दायरों के हिंदूकरण का एक व्यापक सिलसिला' चल रहा है। 'सभी आदिवासी और दलित छात्रावासों को इसके लिए इस्तेमाल किया जा रहा है। तमाम आदिवासी और दलित देवी-देवताओं को विस्थापित करने के पहले कदम के तौर पर सरस्वती पूजा का आयोजन होता रहा है, जो जीवन के अन्य दायरों में भी फैला है'। कुछ साल पहले छत्तीसगढ़ की एक हिंदू बहुल पंचायत ने ईसाइयों को चर्च के निर्माण की अनुमति देने से इंकार कर दिया। यह पंचायत नए-नए हिंदूकृत हुए समुदायों की अगुआई में चल रही है। बुनियादी अधिकारों को सीमित करने के लिए जनतंत्र का इस्तेमाल किया गया। ईसाइयों के खिलाफ हिंदू अतिवादियों के हमले, जिनमें से कई आदिवासी भी हैं, पुलिस की सांठ-गांठ से बदस्तूर जारी रहते हैं।

पवित्र किताब की छाया में इस किस्म के पागलपन और जनतंत्र के संकुचन का कोई अंत नहीं दिखता।

दो

लिंचिस्तान

सात दशक गुजर गए जब भारत के पहले प्रधानमंत्री जवाहरलाल नेहरू ने कहा था कि पूरा मुल्क 'जिंदगी और आजादी' के लिए उठ खड़ा हुआ है। 'दुर्भाग्य का लंबा दौर' अब समाप्त हो चुका है और एक नए युग का आगाज हुआ है। आज की तारीख में नेहरू का वह बहुचर्चित व्याख्यान बीते जमाने की बात हो गया है। वे महिलाएं और पुरुष जिन्होंने इस दिन के लिए, भारत की आजादी के लिए संघर्ष किए, उन्हें भुला दिया गया है। उनके संघर्षों की यादें भी मिटा दी गई हैं। बीत चुका वह संकल्प जिसमें 'आम आदमी के लिए, भारत के किसानों और मजदूरों के लिए, आजादी और अवसर पाना, गरीबी, अज्ञान और बीमारी के खिलाफ संघर्ष करना और उन्हें समाप्त किया जाना था' और एक समृद्ध, जनतांत्रिक और प्रगतिशील राष्ट्र का निर्माण करना था'।

हम एक नए भारत में हैं। यहाँ भारत की हुकूमत इस कोशिश में है कि सभी सामाजिक, आर्थिक और राजनीतिक संस्थाएं, जिनकी नींव 'हर पुरुष और स्त्री को न्याय और जीवन की परिपूर्णता सुनिश्चित करने के लिए डाली गई थी', जहाँ मुल्क ने यह संकल्प लिया था कि सांप्रदायिकता और तंगनजरी को बढ़ावा नहीं देंगे क्योंकि 'जिस मुल्क के लोग विचारों तथा कार्यों में संकीर्ण होते हैं, वह मुल्क कभी आगे नहीं जा सकता' उन्हें रफ्ता-रफ्ता कमजोर किया जाए। 15 अगस्त 1947 के *द हिंदू* में नेहरू के यह शब्द छपे थे। वह उन सभी लोगों के लिए एक संदेश था जो आजाद भारत में जागरुक हुए हैं। लेकिन यह नया भारत मौजूदा हुक्मरानों का भारत, भाजपा जिसका उपकरण है, यह वाकई एक अलग भारत है, जहाँ बहस-मुबाहिसे

को प्रोत्साहित नहीं किया जाता, जहाँ मतभेदों को लेकर तीखे तेवर अपनाए जाते हैं और जहाँ असहमति का अपराधीकरण होता है। यह एक ऐसा भारत है जहाँ भीड़ का शासन, कानून के शासन पर हावी हो रहा है, जहाँ नेताओं पर व्यंग्य करने के लिए कार्टूनिस्टों को देशद्रोह के आरोपों के तहत गिरफ्तार कर लिया जाता है। इस आखिरी बिंदु पर जोर देने की जरूरत है। अपने वक्त के अग्रणी कार्टूनिस्ट,के. शंकर पिल्लै को जवाहर लाल नेहरू ने लिखा था, 'कभी मुझे मत बख्शना, शंकर'(डोंट स्पेअर मी, शंकर) शंकर ने इस पर अमल भी किया।

आज ऐसे लोग मिलना मुश्किल हैं जिन्हें उस ऐतिहासिक भाषण की मीठी याद है या जिन्हें उन महान स्त्रियों और पुरुषों के प्रति नजदीकी का एहसास होता है, जिन्होंने बेहतर वर्तमान के लिए अपने भविष्य को न्यौछावर कर दिया था। किसने यह सपने में भी सोचा होगा कि किसी अलसुबह भारत अपने 'चिर बैरी' पाकिस्तान की तरह नजर आएगा और इस तरह नेहरू की इस दुश्चिंता को सही साबित करेगा कि भारत 'हिंदू पाकिस्तान' बन सकता है।

कुछ साल पहले, पाकिस्तान की अग्रणी प्रगतिशील कवयित्री फहमीदा रियाज़ ने भारत के तनावों को अपनी एक रचना में बयां किया था। भारत की अपनी यात्रा के दौरान, रियाज़ ने यह कहा कि उनका एक ऐसे मुल्क से साबिका पड़ा है, जो पाकिस्तान से अलग नहीं दिखता। इसे महज संयोग नहीं कहा जा सकता, उन्होंने अपनी कविता को भारत में उस वक्त पेश किया था, जब केंद्र में पहली भाजपा सरकार कायम थी। कविता का शीर्षक है 'तुम बिल्कुल हम जैसे निकले'। भारत में बढ़ती सांप्रदायिक हिंसा के संदर्भ में वह 1996 में लिखी गई है। इसमें अयोध्या में बाबरी मस्जिद विध्वंस के बाद संघ-भाजपा द्वारा कथित तौर पर संचालित दंगों की पृष्ठभूमि साफ दिखती है।

तुम बिल्कुल हम जैसे निकले
अब तक कहाँ छुपे थे भाई
वो मूरखता वो घामड़पन
जिसमें हमने सदी गंवाई

मोदीनामा

आखिर पहुंची द्वार तुम्हारे
अरे बधाई बहुत बधाई
प्रेत धर्म का नाच रहा है
कायम हिंदू राज करोगे
सारे उल्टे काज करोगे
अपना चमन दाराज करोगे
तुम भी बैठे करोगे सोचा
पूरी है वैसी तैय्यारी
कौन है हिंदू कौन नहीं है
तुम भी करोगे फतवा जारी
होगा कठिन यहाँ भी जीना
दांतों आ जाएगा पसीना
जैसी-तैसी कटा करेगी
यहाँ भी सब की सांस घुटेगी
भाड़ में जाए शिक्षा-विक्षा
अब जाहिल-पन के गुन गाना
आगे गड्ढा है ये मत देखो
वापस लाओ गया जमाना
मश्क करो तुम आ जाएगा
उल्टे पांव चलते जाना
ध्यान न दूजा मन में आए
बस पीछे ही नजर जमाना
एक जाप सा करते जाओ
बारम-बार यही दोहराओ
कैसा वीर महान था भारत
कितना आली-शान था भारत
फिर तुम लोग पहुंच जाओगे

लिंचिस्तान

बस परलोक पहुंच जाओगे
हम तो हैं पहले से वहाँ पर
तुम भी समय निकालते रहना
अब जिस नर्क में जाओ वहाँ से
चिट्ठी-विट्ठी डालते रहना

I

23 जून 2017 को 15 साल का जुनैद अपने परिवार के साथ, ढेर सारी खुशियों के साथ ईद मनाने की सोच रहा था। वह दिल्ली से मथुरा जानेवाली एक ट्रेन पर सवार था। रेलगाड़ी में बैठे कुछ लोगों ने उसे और उसके दोस्तों का धर्म के नाम पर मजाक उड़ाना शुरू किया। उन्होंने जुनैद की दाढ़ी खींची और उन पर आरोप लगाए कि वह गोमांस खाते हैं। ट्रेन का डिब्बा भरा हुआ था। उसके बाद इन लोगों ने जुनैद और उसके दोस्तों पर बर्बर तरीके से हमला किया। साथ चलने वाले किसी भी मुसाफिर ने जुनैद का साथ नहीं दिया। जुनैद पर चाकू से कई वार किए गए। इसके बाद इन लोगों ने जुनैद और उसके दोस्तों को असावटी रेलवे स्टेशन पर फेंक दिया। खून से लथपथ जुनैद ने अपने भाई की गोदी में दम तोड़ दिया।

कुछ लोगों को गिरफ्तार किया गया, मगर बाद में उन्हें जमानत पर रिहा कर दिया गया। न्याय का पहिया थम गया है। जुनैद की मां अभी भी इंतजार में है कि कुछ होगा मगर जो होने की आशंका थी, उस बात ने उसे हैरत में डाल दिया। इस घटना का मुख्य आरोपी चुनाव लड़ने वाला था। ऐसी हत्याओं के मुख्य अभियुक्त यही करते हैं, वह सियासतदां बनते हैं।

पूरा समाज सुन्न हो चला है। ये हत्याएं अब आम हो चली हैं। उसी तरह से धमकी, हिंसा, निष्कासन और दमन की घटनाएं भी सामान्य हो चली हैं। इस किशोर को दिन-दहाड़े बस इसलिए मारा गया क्योंकि वह किसी अलग खुदा की इबादत करता था। उसकी कहानी अब भारत के इतिहास के ताने-बाने में अंकित हो गई है। उसे कभी भूला नहीं जाना चाहिए। 2018 में उत्तर प्रदेश के अलीगढ़ में पांच बच्चों

ने एक 12 साल के दलित बच्चे पर हमला किया क्योंकि उनका कहना था कि उसने जन्माष्टमी की सजावट के कुछ गुब्बारों को छू दिया था। उसके दोस्त सूरज ने बताया कि गुब्बारे को छूने की वजह से इन बाकियों ने उसे पीट कर मार डाला। उसकी मां सावित्री देवी मेहनत मजदूरी करती है। वह दौड़ी-दौड़ी अस्पताल पहुंची और वहाँ उसे अपने अपने बेटे की लाश मिली। गांव के प्रधान, श्यामसुंदर उपाध्याय ने इस घटना को गंभीरता से नहीं लिया और न ही मीडिया ने गौर किया। सबने इस मामले को अनदेखा किया।

इंडियास्पेंड पर एलीसन सलडाना, प्रणव राजपूत और जय हजारे ने 2018 के मध्य में लिखा कि 2012 तक 'बच्चा चोरी की अफवाह' फैलाकर भीड़ द्वारा किसी को पीटना या पीट कर मार दिया जाना, जैसी एक ही घटना सुनाई दी थी। जनवरी 2017 से भीड़ द्वारा ऐसे 69 हमले हुए हैं, जिनमें 33 लोग मारे गए हैं। 'बच्चा चोरी की अफवाह' बहुत आसान होती है : किस्सा चल पड़ता है कि उंची जाति के किसी बच्चे का किसी मुसलमान या दलित ने अपहरण किया है। भीड़ इकट्ठा होती है और किसी मुस्लिम या दलित पुरुष को पीटने लगती है। यही वह मानसिकता है जो मुल्क में हावी हो रही है। लेखकगण, इन्स्टिट्यूट फ़ॉर करेक्शनल ऐडमिनिस्ट्रेशन, चंडीगढ़ के उपनिदेशक उपनीत लाली को उद्धृत करते हुए बताते है, 'हिंसा, गाय से जुड़े भीड़ के आकस्मिक हमलों से शुरू हुई, मगर अब अधिक हिंसक आचरण में तब्दील हुई है जैसे छोटे से बड़ा कोई भी कारण चिंगारी बन सकता है'। लेखकगण द्वारा एकत्रित आंकड़े महज सांकेतिक हैं। वास्तविक संख्या इससे काफी अधिक हो सकती है।

लाउडस्पीकर भारत और पाकिस्तान को एक कर देता है। 2015 में दिल्ली से लगभग 50 किलोमीटर की दूरी पर दादरी में, दो युवकों ने स्थानीय मंदिर के लाउडस्पीकर का इस्तेमाल गाय को बचाने और गोमांस भक्षण करनेवालों को दंडित करने के लिए भीड़ को लामबंद करने में किया। उन्होंने 52 साल के अख़लाक पर आरोप लगाया कि उसने गाय चुरा कर उसे मार डाला है। भीड़ ने अख़लाक और उसके 22 साल के बेटे दानिश को बुरी तरह पीटा। पिता की मौत हो गई, बेटा बुरी तरह घायल हुआ। किसी को भी सजा नहीं मिली। बाद में यह देखने को मिला कि परिवार के रेफ्रिजरेटर में मटन रखा था, न कि बीफ़ हालांकि इसका भीड़ द्वारा की गई हत्या

से कोई संबंध नहीं था। गांव वालों के लिए यह बात अप्रासंगिक थी और कोई मायने नही रखती थी कि अख़लाक का परिवार उसी गांव में सत्तर साल से रह रहा था, उसका बेटा उनके अपने बच्चों के साथ ही बड़ा हुआ था। जब पुलिस वाले भीड़ में शामिल लोगों को पकड़ने के लिए गांव पहुंचे तब गांववालों ने पुलिस के वाहनों पर पथराव किए। ऐसा लगा जैसे हिंसक भीड़ और उस गांव ने अपने सभी आत्मीय संबंधों को भुला दिया था। उन्होंने अंततः अपने 'दुश्मन' को ढूंढ लिया था और उसे दंडित किया जाना जरूरी था। उन्हें हिंदुओं के पवित्र ग्रंथों में युद्ध के पहले अर्जुन के समक्ष खड़े द्वंद की कोई याद नहीं थी कि उस योद्धा-धनुर्धारी को अपने ही भाइयों के खिलाफ लड़ने में संकोच हो रहा था, वह उस धर्मयुद्ध के परिणामों को लेकर सशंकित था। इनमें से कोई भी बात उन लोगों को नहीं रोक सकी। लाउडस्पीकर से किए जाने वाले आह्वान के आगे ये सारी बातें उनके लिए बेमतलब साबित हुईं।

अख़लाक की हत्या सरहद के उस पार पाकिस्तान की घटना में भी प्रतिबिंबित होती है। 2014 में दादरी से बमुश्किल कुछ सौ किलोमीटर की दूरी पर स्थित कोट राधाकिशन गांव के लोगों ने मस्जिद पर लगे लाउडस्पीकर से इसी तरह लामबंद होने की एक अपील सुनी थी। उन्हें बताया गया कि एक ईसाई युगल, शमा और शहजाद मसीह ने कुरान को अपवित्र किया है। भीड़ ने उन दोनों को बाकायदा वहाँ से ढूंढ निकाला, जहाँ वह जान बचाने के लिए छिपे थे। पीटा और शायद जिंदा ही ईंट के भट्ठे में फेंक दिया। बाद में यह पता चला कि मसीह दंपती ने कुरान का पन्ना नहीं फाड़ा था बल्कि उस ईंट भट्ठे के मालिक से उनका कोई विवाद था।

मसीह पर ईशनिंदा का आरोप लगा। उसी तरह का आरोप मरदान (खैबर पख्तूनख्वा, पाकिस्तान) के खान अब्दुल वली खान विश्वविद्यालय के पत्रकारिता के छात्र मशाल खान पर लगा। वह एक तेज नौजवान था, जिसे कार्ल मार्क्स और चे ग्वेरा के लेखन पर चर्चा करना तथा धर्म के बारे में विवेकशील नजरिए से सोचना अच्छा लगता था। 13 अप्रैल 2017 को मशाल खान को भीड़ ने पकड़ा, निर्वस्त्र किया, पीटा और उसके सिर और सीने में गोली मार दी। समूचे घटनाक्रम का विडियो बनाया गया, जिसे सोशल मीडिया में खूब प्रसारित किया गया। राज्य ने 57 लोगों पर मुकदमा चलाया और मुख्य हत्यारे को सजा-ए-मौत दी।

सरहद के उस पार भीड़ द्वारा हिंसा के लिए 'ईशनिंदा' बहाना है, जबकि दूसरी तरफ 'गौरक्षा' का बहाना बनाया जाता है। दोनों ही मुल्कों में ईशनिंदा और गौरक्षा के लिए कानून बना कर राज्य ने ऐसी घटनाओं के लिए वैधता प्रदान की है। ये कानून बुनियादी मानवीय सिद्धांतों के खिलाफ हैं। उन्हें महज राज्य की संस्थाओं द्वारा ही नहीं बल्कि उस भीड़ द्वारा भी इस्तेमाल किया जाता है जो अपने आप को राज्य के कानूनों और खुदा के नियमों का रखवाला समझती है। उन्हें किसी बात का डर नहीं होता। न ही पुलिस का और न ही अपने नैतिक आग्रहों का। वह अपने झूठे आत्मविश्वास से इस कदर भरे होते हैं कि उन्हें लगता है कि उनकी हिंसा दैवीय है।

ईशनिंदा और गाय के नाम पर मारे गए लोगों की संख्या विचलित करनेवाली है। सेंटर फ़ॉर सोशल जस्टिस, लाहौर, पाकिस्तान का कहना है कि 1987 से 2015 के दरमियान ईशनिंदा के संदेह में 62 स्त्री-पुरुष मारे गए। यह आंकड़ा फिर भी कम दिखता है। विगत चार सालों में भारत में भीड़ द्वारा हत्या की इससे अधिक घटनाएं सामने आई हैं।

हिंदी के बहुत महत्वपूर्ण और प्रख्यात लेखक हरिशंकर परसाई ने साठ के दशक में ही लिखा था कि बाकी दुनिया में गाय दूध देती है, मगर यहाँ वह वोट देती है। गाय और ईशनिंदा, ताकतवरों के लिए उपयोगी हैं। लोगों के सामने खड़े वास्तविक मुद्दों से निपटने के बजाए वह उन्हें मौका देते हैं कि राजनीतिक कारणों से भीड़ को लामबंद किया जाए। दादरी और कोट राधाकिशन की व्यापक जनता भूख और बेरोजगारी से ग्रस्त है लेकिन यह मुद्दे उन्हें लामबंद नहीं करते हैं। वह उन बातों से उन्मादी होकर हत्या के लिए आमादा हो जाती हैं, जिनका उनके दैनंदिन मुद्दों से कोई ताल्लुक नहीं है।

II

दक्षिण के दरख्त एक अजीब फल देते हैं,
पत्तों पर खून और जड़ में खून,
दक्षिण की हवाओं में झूलते अश्वेत शरीर,
चिनार के पेड़ों से लटकते विचित्र फल।

लिंचिस्तान

'लिंचिंग' यानी बिना वैध निर्णय के मार डालना – यह शब्द अमेरिकी इतिहास के एक स्याह दौर की यादें ताजा करता है। 1877 से 1950 के दरमियान श्वेत वर्चस्ववादी गिरोहों ने लगभग 4,000 अफ्रीकी अमेरिकियों की इसी तरह हत्या की जबकि सरकार और पुलिस ने ऐसी घटनाओं की पूरी तरह अनदेखी की। जेम्स बॉल्दविन ने अपने निबंध संग्रह *डार्क डेज* में इस विकसित होती हिंसा को कुछ इस तरह बयां किया है, 'भीड़ कभी स्वायत्त नहीं होती। वह सत्ता में बैठे लोगों की वास्तविक इच्छा को पूरा करती है। 1888 में श्वेत वर्चस्ववादियों ने किसी कुएं से पानी पीने के लिए सात अफ्रीकी अमेरिकियों की हत्या कर दी क्योंकि वो कुआं सिर्फ, 'श्वेतों के लिए' था। बॉल्दविन उस कहानी को दोहराते हैं और लिखते हैं, 'इन मासूमों का खून अलाबामा राज्य के हाथों पर लगा हुआ है, जिसने राज्य की इच्छा की पूर्ति के लिए इन झुंडों को सड़कों पर उतार दिया'।

ऊपर जिस गीत की पंक्तियां दोहराई गई हैं, वह *स्ट्रेंज फ्रूट* नामक बेहद मशहूर गीत का हिस्सा है जिसे कम्युनिस्ट कलाकार अबेल मीरोपोल ने लिखा था और बिली हालिडे ने गाया था।

भारत की लिंचिंग भी अमेरिका के दक्षिणी हिस्से से बहुत दूर नहीं खड़ी है। इक्कीसवीं सदी की दूसरी दहाई में भीड़ द्वारा मारे जाने की ऐसी घटनाओं में जो अचानक तेजी देखी गई उसका ताल्लुक भारत की सियासत और समाज में बहुसंख्यकवादी ताकतों के उभार से जुड़ा है। हत्याओं के इस सिलसिले की सबसे पहली कोशिश दरअसल मोदी सरकार के शपथ ग्रहण के बमुश्किल पंद्रह दिनों के अंदर दिखाई दी थी। 28 साल का मोहसिन मोहम्मद शेख, इनफॉर्मेशन टेक्नोलॉजी मैनेजर के तौर पर काम करता था। 4 जून 2014 को जब पुणे में अपने दोस्त के साथ घर लौट रहा था तब धनंजय देसाई नामक शख्स की अगुआई में हिंदू राष्ट्र सेना के साथ जुड़े गिरोह ने उसका रास्ता रोका और उसे हॉकी स्टिक्स से मारना शुरू किया। यह बाद में पता चला कि हमलावर कथित तौर पर मोहसिन शेख के किसी फेसबुक पोस्ट से आहत हुए थे। उसकी वहीं मौत हो गई। मोदी के अगुआई वाले भारत में यह सांप्रदायिक आधार की गई पहली हत्या थी।

पुलिस की फाईलों में हिंदू राष्ट्र सेना के विवादास्पद रिकॉर्ड होने के बावजूद और

इस हकीकत के बावजूद कि महाराष्ट्र सरकार ने कभी इस समूह पर पाबंदी लगाने की सोची थी, उच्च न्यायालय की न्यायाधीश मृदुला भाटकर ने मोहसिन शेख की हत्या के तीन आरोपियों को जमानत दे दी। न्यायाधीश ने जो आदेश दिया वह गौरतलब है :

> आवेदक/अभियुक्तों की निरपराध मृतक मोहसिन से कोई निजी दुश्मनी नहीं थी, जिससे वह प्रेरित हुए थे। मृतक का दोष यही था कि वह दूसरे धर्म से जुड़ा था। मैं इस पहलू को आवेदक, अभियुक्त के पक्ष में समझती हूं। इसके अलावा, आवेदक,अभियुक्त का कोई पहले का आपराधिक रिकॉर्ड भी नहीं रहा है और ऐसा प्रतीत होता है कि धर्म के नाम पर उन्हें उकसाया गया और उन्होंने ये हत्या की है। इस परिस्थिति में मैं उनकी जमानत याचिका स्वीकार करती हूं।

दूसरे शब्दों में कहें तो धार्मिक आधार पर किसी को मौत के घाट उतार देना निजी दुश्मनी के कारण की जाने वाली हत्या से भी बदतर है। अगर हम न्यायाधीश भाटकर के तर्कों को इस्तेमाल करें तो जो धर्म के नाम पर हत्या करे उसके साथ हत्या के अन्य मामलों की तुलना में अधिक नरमी से पेश आना चाहिए। सर्वोच्च न्यायालय इस फैसले को बरदाश्त नहीं कर सका। उसका कहना था कि उच्च न्यायालय का निर्णय किसी 'समुदाय के प्रति या खिलाफ पूर्वाग्रह से रंगा था'। उसने मुंबई उच्च न्यायालय के फैसले को खारिज किया। सड़ांध नीचे तक पहुंची हुई है, यहाँ तक कि उच्च न्यायालय का जज भी यह नजरिया अपनाता है कि धर्म के नाम पर हत्या इतनी भी भयंकर और गैरकानूनी नहीं होती।

लिंचिंग या बिना वैध निर्णय के मार डालने का यह सिलसिला व्यक्तिगत कार्रवाई के तौर पर यानी एक व्यक्ति का दूसरे को मार देने से शुरू नहीं हुआ बल्कि एक सामूहिक हिंसा के तौर पर शुरू हुआ जहाँ भीड़, धार्मिक अल्पसंख्यकों, दलितों, ट्रांसजेंडर और विभिन्न किस्म के वंचित तबकों को निशाना बनाती है। ऐसा कोई भी व्यक्ति जिसे 'अन्य' समझा जाए वह हमले का शिकार हो सकता था। कैलिफोर्निया विश्वविद्यालय, संयुक्त राज्य अमेरिका के प्रोफेसर संजय सुब्रह्मण्यम ने इंडियन एक्सप्रेस को बताया कि इन स्वयंभू हिंसक गिरोहों को यह मालूम रहता है कि उनका कुछ भी नहीं बिगड़ेगा

और उनकी हरकतों के प्रति उच्चपदस्थ अधिकारियों की सहमति है।

पहले जनहिंसा की संगठित कार्रवाई दोहराव के रूप में सामने आती थीं और आप उसका एक पैटर्न ढूंढ सकते थे। मिसाल के तौर पर, प्रदर्शनों पर हमला होता था या हिंसा की घटनाएं सार्वजनिक उत्सवों के साथ जुड़ी होती थीं। यह स्थिति मुगलों के वक्त में भी थी। फिर आजादी के बाद के दिनों में, आमतौर पर शहरी संगठित किस्म की हिंसा देखने को मिलती थी, जहाँ विभिन्न राजनीतिक पार्टियां उत्पीड़कों को संरक्षण देती दिखाई देती थीं।

जनहिंसा के पहले के चरण और मौजूदा चरण में भी और फर्क करने की जरूरत है। प्रोफेसर सुब्रह्मण्यम ने आगे जोड़ा,

> लेकिन आज जो हम देख रहे हैं वह किसी एक चरण में नहीं हो रहा है, आज की तारीख में कम संख्या में लोग हमलों का शिकार हो रहे हैं और वह भी विकेंद्रीकृत है, जिसे छोटे समूहों द्वारा सभी जगह अंजाम दिया जा रहा है। इन समूहों को या तो यह बताया गया है या इसकी कल्पना करने के लिए कहा गया है कि उन्हें इसी ढंग से सक्रिय रहना है। इसके अलावा, घटना को अंजाम देने के बाद, उच्चपदस्थ पदों पर तैनात कोई उन्हें इसके विपरीत कुछ नहीं कह रहा है। इसके अलावा यह हिंसा आकांक्षामूलक भी है . . . विचित्र बात यह है कि मुजरिम चाहते हैं कि इस घटना के बारे में सबको पता चले। कुछ लोग जो इसमें जुड़े हैं, वह इस तरह की घटनाओं का विडियो टेप भी तैयार करते दिखते हैं। वे इस बात को सुनिश्चित करते हैं कि यह सूचना प्रसारित हो रही है, जिसका मकसद अल्पसंख्यकों से अपेक्षित सामाजिक व्यवहार को लेकर एक चेतावनी देना होता है। उन्हें एक संकेत देना है। यह सूचना एक तरह से उनके लिए नियंत्रणमूलक उपकरण के तौर पर भी उपस्थित होती है। यह ऐसी हिंसा है जो किसी दिन यहाँ तो किसी दिन वहाँ, कभी भी प्रकट हो सकती है। वह कभी भी जनहिंसा की शक्ल धारण नहीं करती बल्कि ऐसे जमीनी स्तर पर जुड़े संगठनों के अस्तित्व पर आधारित होती है, जो ऐसी कार्रवाई पर यकीन करते हैं तथा एक हद तक व्यवहार की नकल करते हैं। इस तरह भले ही वह विकेंद्रीकृत हो लेकिन उसका व्यापक संदर्भ मौजूद रहता है।

अगर आप इस गतिविज्ञान पर संदेह करते हैं, फिर एक स्टिंग आपरेशन के एक हिस्से पर गौर करना मौजूं होगा, जिसे एनडीटीवी ने अंजाम दिया था और जिसका मुख्य ध्यान उत्तर प्रदेश के हापुड़ में मीट व्यापारी कासिम कुरैशी के मारे जाने और समीउद्दीन को पीटने की कार्रवाई पर था। पुलिस ने युधिष्ठिर सिंह सिसोदिया को गिरफ्तार भी किया जो मुख्य अभियुक्त था। जमानत पर रिहा सिसोदिया ने एनडीटीवी के ए. वैद्यनाथन से बात की, जिनके पास छिपा कैमरा था। सिसोदिया ने अदालत को बताया था कि हत्या में उसकी कोई भूमिका नहीं थी लेकिन जब वैद्यनाथन ने उस घटनाक्रम के बारे में पूछा तब उसने कहा,

> मैंने जेलर का बताया था वे (पीडि़त) गाय को मार रहे थे इसलिए मैंने उन्हें मारा। मेरी सेना तैयार है। अगर कोई गाय को मारता है तो हम उसे मारेंगे और हजार बार जेल जाएंगे।

III

भाजपा का नया इंडिया दरअसल नफरत और धर्मांधता का सामान्य हो जाना है। यह नया सामान्य एक तरह से कॉर्पोरेट हितों और हिंदुत्व के कट्टरपंथियों के बीच का एक अपवित्र गठबंधन है। वह कानून के राज को उलट देने, संस्थाओं को अंदर से नाकाम करने और डर के माहौल के निर्माण से परिभाषित होता है। भारत उम्मीद का गणतंत्र नहीं बल्कि डर का गणतंत्र बना है। आरती सेठी के उस प्रश्न की पड़ताल करना समीचीन होगा जब वह लिखती हैं कि आखिर किस तरह कुछ मौतें 'अ-घटना' हो जाती हैं। उनके मन में जुनैद खान की हत्या का मसला है। इंडियन एक्सप्रेस के कौनैन शरीफ एम. फरीदाबाद के उस रेलवे स्टेशन पर लौटे ताकि यह जाना जाए कि आखिर जुनैद को मरते हुए किसने देखा था। उन्होंने पाया कि जब एक किशोर प्लेटफार्म नंबर चार पर लहूलुहान पड़ा था किसी ने भी उसे नहीं देखा। पत्रकार ने लिखा था कि खून के वह धब्बे अभी भी प्लेटफार्म पर 'दिख' रहे हैं और इसके बावजूद किसी ने कुछ नहीं देखा, न स्टेशन मास्टर ओमप्रकाश और न ही पोस्टमास्टर भगवत दयाल, जिनका

दफ्तर प्लेटफार्म के उस पार है। 'मैंने कुछ नहीं देखा' ओमप्रकाश का कहना था। 'मैंने कुछ नहीं देखा' भगवत दयाल ने भी कहा। दोनों ने वही वाक्य दोहराया। यहाँ तक कि सीसीटीवी ने भी कुछ नहीं देखा। एक अधिकारी ने बताया कि 'घटनास्थल के बिल्कुल सामने एक सीसीटीवी कैमरा है। उसकी वायर तोड़ दी गई है और वह काम नहीं कर रहा है'। सेठी उन बातों को याद करती हैं जो उन्होंने शरीफ एम. की रिपोर्ट में पढ़ी थी और लिखती हैं,

> और फिर उन्होंने सामूहिक तौर पर, बिना किसी आपसी सहमति के, जो उस घटनाक्रम को उन्होंने देखा था उसे न देखने का सिलसिला शुरू किया। इस घटना का सबसे डरावना पहलू यही रहा है जिस पर वह रिपोर्ट रौशनी डालती है : अनकहे की आतंकित करनेवाली ताकत, लेकिन जो सामूहिक तौर पर बंधनकारी हो, हिंदुओं के बीच यह सहमति कि किसी मुस्लिम बच्चे के मृत शरीर को न देखा जाए। उत्तर भारत के उस छोटे स्टेशन के रेलवे प्लेटफॉर्म पर हिंदुओं ने तत्काल एक विचित्र सामाजिकता निर्मित की, लोगों के बीच एक साझा सामाजिक बंधन जो आमतौर पर एक दूसरे से परिचित नहीं थे। अजनबियों के इस परस्पर स्वीकार के बाद, इस प्लेटफॉर्म पर खड़े हिंदुओं ने मौन की इस संहिता का पालन करना तय किया और आज के भारत के रेलवे प्लेटफार्म पर एक मुस्लिम बच्चे की सरेआम मौत को दो सौ लोग देख ही नही पाए।

दृष्टि की इस स्थिति के मद्देनजर, सेठी दो बातें रखती हैं,

1. भाजपा शासित भारत में हम कानून के तहस-नहस होने की तरफ बढ़ रहे हैं और इन इलाकों में अब भीड़ या भीड़ का राज कायम हो चला है। हम अब राज्य द्वारा समर्थित गुंडा राज के आतंक के दौर में हैं। इससे दूसरा निष्कर्ष निकलता है।
2. 22 जनवरी 2017 को, गणतंत्र अंततः समाप्त हो गया। भारत अब धर्मनिरपेक्ष संवैधानिक गणतंत्र नहीं रहा बल्कि अब वह एक नस्लीय और

धार्मिक बहुमत द्वारा शासित बहुसंख्यकवादी राज्य में रूपांतरित होने की कगार पर है।

जुनैद की हत्या को उस वक्त प्लेटफार्म पर मौजूद दो सौ लोगों ने नहीं देखा। उन्होंने उस हिंसा को नहीं देखा। उन्होंने जुनैद को नहीं देखा। इस घटना के विपरीत हम अमेरिका के 24 साल के युवा इयान ग्रिलोट की प्रतिक्रिया देख सकते हैं, जब कैन्सस, अमेरिका के ओलाथे के रेस्तरां में एक बंदूकधारी, श्रीनिवास कुचीभोतला और आलोक मादासनी को मारने के लिए पहुंचा। ये 2017 की बात है। ग्रिलोट उस बंदूकधारी और और इन दोनों के बीच आ खड़ा हुआ और उसने अपनी छाती पर गोलियां झेलीं ताकि हत्यारा अन्य लोगों को मार न सके। (गोलीबारी में जख्मी हुए कुचीभोतला ने बाद में दम तोड़ दिया।) जब इयान ग्रिलोट का हीरो के तौर पर अभिनंदन किया गया, उसने कहा, 'मैंने बस वही किया जो कोइ भी मनुष्य दूसरे मनुष्य के लिए करता। यह बात मायने नहीं रखती कि वह कहां का था या उसकी नस्लीयता क्या थी। हम सभी मनुष्य हैं। मुझे लगता है कि मैंने वही किया जो सही था'। उसने कहा, 'मैंने अगर हत्यारे को रोकने की कोशिश नहीं की होती तो मेरे लिए ताउम्र वह टीस बनी रहती'।

संयुक्त राज्य अमेरिका के पोर्टलैंड, ओरेगॉन में एक श्वेत आदमी ने हिजाब पहनी दो लड़कियों को देख कर नस्लवादी गालियां दी। उस ट्रेन में सवार तीन लोगों ने तत्काल हस्तक्षेप किया। दो मारे गए – रिकी जॉन बेस्ट (उम्र 53 साल) और तालिसीन मीरडिन नमकाई-मेछे (उम्र 23 साल) वहीं तीसरा आदमी, मिका डेविड कोलफ्लेचर (उम्र 21 साल) बुरी तरह जख्मी हुआ। नमकाई-मेछे की मां आशा डिलीवरंस ने अपने बेटे के बारे में कहा, 'पोर्टलैंड में दो मुस्लिम युवतियों को बचाने की कोशिश में मेरा लाडला कल गुजर गया। मेरे चमकते सितारे! मैं हमेशा तुमसे प्यार करूंगी'।

जिस नैतिकता ने इयान ग्रिलोट को प्रेरित किया या बेस्ट तथा नमकाई मेछे को मौत को गले लगाने तक के लिए की प्रेरित किया, असावटी के प्लेटफार्म पर खड़े दो सौ लोग ऐसे किसी नैतिक द्वंद्व से नहीं गुजरे थे।

IV

कानून का राज भीड़ की हिंसा में तब्दील होता दिख रहा है।

इसमें से अब आश्चर्य का तत्व विलुप्त हो गया है। अब यह सही कहा जा रहा है कि इन दिनों भीड़ की आकस्मिक हिंसा और राज्य की हिंसा में फर्क करना मुश्किल हो गया है। जब भी भीड़ किसी बहाने से हमले करती है तो राज्य के सबसे दृश्य रूप के तौर पर सक्रिय रहने वाली पुलिस कभी मौन प्रेक्षक बन जाती है तो कभी हमलों को बढ़ावा देती है। 2018 में जब पशुओं के व्यापारी मोहम्मद कासिम को हापुड़ में भीड़ ने मार डाला तो पहले तो पुलिस ने मामले को सड़कों पर घटित होने वाली हिंसक अभिव्यक्ति के तौर पर पेश करना चाहा, जबकि घटना के वीडियो में यही दिख रहा था कि कुछ पुलिसवाले, कासिम को सड़क पर घसीट कर ले जाने वाली भीड़ के आगे-आगे चल रहे हैं। एक टेलीविजन चैनल द्वारा किए गए स्टिंग ऑपरेशन के बदौलत ही बाद में सर्वोच्च न्यायालय ने इस केस को हाथ में लिया और सख्त कार्रवाई का वायदा किया। यह एकमात्र उदाहरण नहीं है जो पुलिस और भीड़ के बीच के करीबी सहयोग को दिखाता हो।

राज्य और भीड़ के आपसी टकराव के अहम उदाहरण के तौर पर हम 2017 में जयपुर में बंद करवाए गए लोकप्रिय होटल 'हयात रब्बानी' के प्रसंग को भी देख सकते हैं। बताया गया कि जयपुर म्युनिसिपल कॉर्पोरेशन के मेयर अशोक लाहोटी ने भी भाजपा के मीडिया सेल के व्हाट्सएप ग्रुप के एक संदेश को फॉरवर्ड करके इस झूठी अफवाह में अपना योगदान दिया। इस संदेश में लिखा गया था कि यह होटल कूडेदान में बीफ़ फेंक कर 'गाय को बीफ़ खिलाता है'। इस होटल के खिलाफ 'पवित्र कार्रवाई' करने का आह्वान किया गया था। एक स्वयंभू गौरक्षा समूह, राष्ट्रीय महिला गौरक्षा दल, की राष्ट्रीय अध्यक्ष कमल दीदी इस अफवाह को सुनकर डेढ़ सौ से अधिक लोगों के साथ वहाँ पहुंची। उन्होंने होटल में काम कर रहे दो लोगों को पकड़ा। इन दो होटल कर्मचारियों को वहाँ एकत्रित भीड़ ने पीटा। इस भीड़ को एक चुने हुए शख्स ने उकसाया था। होटल के मालिक नईम रब्बानी ने बताया कि उसके कर्मचारियों ने थोड़ी देर पहले ही चिकन का भोजन किया था। वहाँ बीफ़ नहीं था, जिसकी ताईद फॉरेंसिक

साइंस लैबोरेट्री ने भी की थी। इसके बावजूद न मेयर और न ही साध्वी ने सब्र बरता।

मेयर ने दूसरा व्हाट्सएप मैसेज भेजा – 'गाय को बीफ़ खिलाने का दुःस्साहस करने के लिए होटल हयात को सील किया गया'। *इंडियन एक्सप्रेस* की हामज़ा खान को उन्होंने बताया कि 'मालिकों के पास होटल चलाने की अनुमति नहीं है'। अदालत इस बात से सहमत नहीं थी। एक अतिरिक्त सिविल जज ने आदेश दिया कि होटल फिर से खोल दिया जाए। होटल पर लगे तालों को तोड़ने और सील खोलने के लिए अतिरिक्त सत्र न्यायाधीश को बाकायदा एक *नाजिर* भेजना पड़ा।

स्वयंभू गौरक्षकों की समूची परिघटना जो मोदी के प्रधानमंत्रित्व काल के शुरूआती वर्षों में ही उभरी, उसका पूर्व इतिहास हम गाय और गौहत्या को लेकर दलितों के खिलाफ होने वाली हिंसा में देख सकते हैं।

2002 में हरियाणा, झज्जर के दुलीना में एक हजार से अधिक लोगों की भीड़ ने पांच दलितों को मार डाला। कारण यह बताया गया कि दलितों ने एक मरी हुई गाय का चमड़ा उतारा है (अलबत्ता अफवाह यह फैली थी कि 'मुसलमानों द्वारा गौहत्या की कोई घटना हुई है')। वहाँ जमा भीड़ ने उन लोगों को पुलिस स्टेशन के सामने, प्रशासन के वरिष्ठ अधिकारियों के सामने ही, बुरी तरह पीटा। पुलिस ने वहाँ जमा भीड़ या उसके सरगनाओं के खिलाफ कोई मुकदमा दर्ज नहीं किया बल्कि 'लोगों को उकसाने के लिए' उन मृत लोगों के खिलाफ मुकदमा दर्ज किया। पीड़ित हमलावर हो गए और हमलावरों को शहीद में रूपांतरित किया गया। हत्यारे बाद में भारी भीड़ के साथ पुलिस के यहाँ पहुंचे, जहाँ भीड़ ने उनका खैरमकदम किया। इस हत्या को गौहत्या कांड कहा गया न कि दलित हत्याकांड। गाय को मारनेवालों की हत्या, न कि दलितों की हत्या। पीपुल्स यूनियन ऑफ़ डेमोक्रेटिक राइट्स की रिपोर्ट (*दलित लिंचिंग ऐट दुलीना : काउ प्रोटेक्शन, कास्ट ऐंड कम्युनलिज्म, 2003*) में लिखा गया था कि झज्जर में विश्व हिंदू परिषद और शिवसेना के लोगों ने प्रदर्शन किया और डिप्यूटी कमिश्नर से मांग की कि आरोपियों के खिलाफ कोई कार्रवाई नहीं होनी चाहिए। उन्होंने उन हत्यारों का महिमामंडन किया जिन्होंने 'हमारी गोमाता' की मौत का बदला लिया है। विहिप के नेता परमानंद गिरी ने कहा कि गौहत्या करने वालों

के हत्यारों को 'सम्मानित किया जाना चाहिए'। हिंदू कट्टरपंथियों ने इन कातिलों को 'धर्मयोद्धाओं' की तरह देखा, न कि हत्यारों की तरह।

मार्च 2016 में 27 वर्ष के मुस्तैन अब्बास को कुरुक्षेत्र जिले में गौआतंकी समूहों द्वारा मारा गया था। अब्बास के पिता ताहिर हसन की याचिका पर पंजाब और हरियाणा हाईकोर्ट ने गौर किया। अदालत ने अपने अंतरिम आदेश में कहा कि पुलिस और जिला प्रशासन अपनी संवैधानिक जिम्मेदारी पूरी करने में असफल रहा। न्यायाधीशों ने लिखा,

> कथित गौरक्षा समूह जो राजनीतिक आंकाओं और राज्य के वरिष्ठ कर्णधारों, जिसमें पुलिस भी शामिल है, के समर्थन से बने हैं और जो गौरक्षा दल के नाम पर और उसी अंदाज में सक्रिय हैं, वह कानून को अपने हाथ में लेने की कोशिश करते रहे हैं। स्थानीय प्रशासन चाहे वह पुलिस हो या कोई और, उन्होंने अपने मौन और संलिप्तता से पशुओं के व्यापार में लगे लोगों पर इनके आतंक को सुगम बनाया है। (*ताहिर हसन बनाम स्टेट ऑफ़ हरियाणा ऐंड अदर्स*, सीआरडब्लूपी नं 382 /2016/, पंजाब और हरियाणा की उच्च अदालत, मार्च 18, 2016)

यहाँ कोई गोल-मोल बात नहीं। अदालत बिल्कुल स्पष्ट है। राजनीतिक प्रतिष्ठान और गोआतंकियों के बीच गहरी दुरभिसंधि दिखती है। यह फिर उन गोआतंकियों को ही प्रोत्साहन प्रदान करता है जब सरकार खुद नए गौहत्या नियमों, प्रीवेंशन ऑफ़ क्रुएल्टी टू एनिमल्स (रेगुलेशन ऑफ़ लाइवस्टॉक मार्केट्स) रूल ऑफ़ 2017, बनाती है जो प्रभावी तरीके से गौहत्या को रोकते हैं। फिर ऐसा लगता है कि 'गाय की पवित्रता' मनुष्य के जीवन से कहीं ज्यादा जरुरी है।

यह सिर्फ स्वयंभू गौरक्षकों का मसला नहीं है। यहाँ कई किस्म के स्वयंभू रक्षक मौजूद हैं। यहाँ प्यार के खिलाफ खड़े स्वयंभू रक्षक हैं। एक समुदाय की लड़की के दूसरे समुदाय के लड़के साथ चले जाने की घटनाओं ने 'लव जिहाद' के समूचे विमर्श को जन्म दिया है, जिसने इलाकों से परिवारों के जबरन विस्थापन और युवाओं की

मौत, सब कुछ पुलिस की संलिप्तता से सामने आया है। यहाँ आजादी के खिलाफ खड़े स्वयंभू रक्षक हैं – मिसाल के तौर पर जहाँ कश्मीर में मानवाधिकारों की बात भी – ऐसे झुंडों को उकसाती है और मानवाधिकार पर बात करने वालों को ऐंटी नेशनल घोषित करते हुए उन पर हमले किए जाते हैं। इन हमलों को पुलिस का समर्थन प्राप्त होता है।

V

इस नई 'सामान्य' अवस्था ने नए 'नायकों' को गढ़ा है।

जयपुर की कमल दीदी, जिन्होंने कथित तौर पर हयात रब्बानी होटल पर हुए हमले की अगुआई की थी, उन्होंने हरियाणा के डेयरी मालिक पहलू खान (उम्र 55 साल) के उन कथित हत्यारों और गाय के नाम पर हिंसा करनेवालों के गिरोह की तुलना भगत सिंह, सुखदेव और चंद्रशेखर आजाद से की। बर्तानवी उपनिवेशवाद के खिलाफ लड़ने वाले महान स्वतंत्रता सेनानी – भगतसिंह, सुखदेव और आजाद – इन स्वतंत्रता सेनानियों और पहलू खान के हत्यारों के बीच जमीन-आसमान का अंतर है। जब एक कथित हत्यारा – विपिन यादव – साध्वी कमल दीदी से मिला तो उसने कमल दीदी से से कहा, 'पूरा देश आप के साथ है'। यह हिंदू कट्टरपंथियों के नायक हैं।

दिसंबर 2017 में, शंभुलाल रैगर ने एक मुस्लिम कामगार – अफराजुल खान – को राजस्थान के राजसमंद जिले में मार डाला और बाद में उसे जला भी दिया। रैगर का दावा था कि उसने खान को इसलिए मारा क्योंकि वह 'लव जिहाद' (जिसके तहत मुस्लिम पुरुष किसी हिंदू स्त्री को फुसला लेता है) रोकना चाहता था। इस बर्बर कार्रवाई का फिल्मांकन किया गया और उसे राजसमंद के व्हाट्सएप ग्रुप में साझा भी किया गया। वह बाद में पूरे देश में फैला। यह ऐसी घटना थी, जिसकी कड़ी निंदा करनी चाहिए थी पर ऐसा नहीं किया गया। रैगर को हीरो घोषित करके सैकड़ों लोग – जिनमें से कुछ बजरंग दल से भी जुड़े थे – सड़कों पर उतरे। उन्होंने पुलिस से भी संघर्ष किया और इस विवाद में तीस पुलिस वाले जख्मी भी हुए। उन्होंने अदालत पर भी धावा बोला और रैगर के लिए 2.5 लाख रुपए इकट्ठे किए। भाजपा के एक राज्य स्तर के पदाधिकारी ने रैगर की तस्वीर को व्हाट्सएप ग्रुप पर अपनी प्रोफाइल

पिक्चर के रूप में लगाया। जोधपुर में रामनवमी महोत्सव के वक्त निकली झांकी में एक दृश्य उस पर भी केंद्रित था, जिसमें उसके जैसा ही एक व्यक्ति पत्थरनुमा कुर्सी पर विराजमान था और उसके हाथ में एक कुल्हाड़ी थी। इस शोभायात्रा के ऊपर बैनर टंगा था 'बहनों और बेटियों की सुरक्षा के लिए और देश को लव जिहाद से आजाद करने के लिए हिंदू भाई'।

रैगर का महिमामंडन अपने किस्म की कोई पहली घटना नहीं थी, हालांकि केंद्र में एक दक्षिणपंथी सरकार के सत्तासीन होने से उसे बल मिला है।

1999 में, ग्राहम स्टेंस नामक पादरी जो ओडिशा में कुष्ठ रोग के खातमे के लिए काम कर रहे थे, उन्हें और उनके दो बच्चों – फिलिप और टिमोथी – को रविन्द्रर पाल (दारा सिंह) की अगुआई में मनोहरपुर में पचास से अधिक कट्टरपंथियों ने जिंदा जला दिया था। इस हत्यारे दारा सिंह पर एक मुस्लिम व्यापारी शेख रहमान और ईसाई पादरी अरूल दास की हत्या के भी आरोप लगे थे। उसे अदालत ने दोषी ठहराया और उम्र कैद की सजा सुनाई। शंभु को 'हिंदू गुस्से का प्रतीक' के तौर पर पेश किया गया। ग्राहम स्टेंस और उसके दो बच्चों की हत्या के लिए तथा रहमान एवं दास की मौत के लिए भी धर्मांतरण का झूठा डर परोसा गया। दारा सिंह की हिमायत और उसके काम को जारी रखने के लिए कई समूह उभरे। आतंक उनका धंधा है।

अगर हम इन दिनों अखबारों पर निगाह डालें तो ऐसी तमाम हिंसक कार्रवाइयों की कहानियां मिल सकती हैं और कई कट्टरपंथियों को हीरो के तौर पर पेश होते देखा जा सकता है।

याद रहे कि जब 2008 में उस आतंकी मोड्यूल के सदस्यों जिनमें गुरु, रिटायर्ड और सक्रिय सैन्य अधिकारी और उनके कई अन्य सहयोगी शामिल थे, को अदालत में पेश किया जा रहा था, नासिक और पुणे की अदालतों में सैकड़ों लोगों ने मालेगांव बम विस्फोट के आरोपियों पर गुलाब की पंखुड़ियां बरसाई थीं। मुंबई आतंकवाद विरोधी दस्ते के प्रमुख हेमंत करकरे के अनथक प्रयासों के चलते ही इन लोगों की आपसी सांठ-गांठ उजागर हुई थी।

11 अक्तूबर 2007 को एक सूफी प्रार्थना स्थल अजमेर शरीफ दरगाह पर *इफ्तार* के थोड़ा पहले, बम विस्फोट हुआ था, जहाँ मुसलमान और हिंदू दोनों एकत्रित

होते हैं। नेशनल इन्वेस्टिगेशन एजेंसी ने पाया कि सुनील जोशी और लोकेश शर्मा नाम के दोनों आरोपी और मुख्य साजिशकर्ता राष्ट्रीय स्वयंसेवक संघ के पूर्वप्रचारक हैं। एजेंसी ने भावेश पटेल को दरगाह में विस्फोटक रखने का दोषी पाया। साजिशकर्ताओं ने यही योजना बनाई थी कि अधिक से अधिक लोगों को मारा जाए। सैकड़ों की तादाद में वहाँ लोग प्रार्थना के लिए इकट्ठे थे। दो लोगों की मौत हुई। पटेल की सजा बाद में अदालत ने स्थगित कर दी और उसे जमानत पर रिहा कर दिया गया। भवेश पटेल के घर भरूच पहुंचने पर उसका जोरदार स्वागत हुआ। कुछ लोगों ने पटेल को अपने कंधों पर बिठा कर जुलूस निकाली। भाजपा की भरूच नगरपालिका की अध्यक्ष सुरभिबेन तमाकुवाला, पार्षद मारूति सिंह अटोडरिया और विश्व हिंदू परिषद के विरल देसाई के साथ-साथ राष्ट्रीय स्वयंसेवक संघ के विभिन्न सदस्य उसकी अगवानी में पहुंचे।

अतिवादियों का महिमामंडन अपवाद नहीं बल्कि नियम बनता जा रहा है। वे लोग जो तर्कवादियों और पत्रकारों, दलितों और मुसलमानों की हत्या करते हैं, उन्हें दक्षिणपंथी दायरों में गौरवान्वित किया जाता है। यह समूचे दक्षिण एशिया की स्थिति है। पंजाब (पाकिस्तान) के गवर्नर सलमान तासीर के हत्यारे मुमताज़ कादरी की कब्र अब पवित्र स्थान बन गई है। हजारों लोग हर सप्ताह वहाँ पहुंचते हैं। तासीर ने एक कामगार ईसाई महिला की हिमायत की थी, जिस पर ईशनिंदा के आरोप लगे थे। यही वजह थी कि कादरी ने उन्हें मार डाला था। जब कादरी को अदालत में पेश किया गया, तब उस पर गुलाब की पंखुड़ियां बरसाई गईं और तीन सौ वकील उसका वकालतनामा लेने के लिए स्वेच्छा से तैयार हुए।

जब पत्रकार गौरी लंकेश की हत्या हुई, तब ट्वीटर की दुनिया में गुस्से और दुख का लावा फूट पड़ा था लेकिन दक्षिणपंथ के खेमे में इस बात को लेकर खुशियां मनाई जा रही थीं। *जी टेलीविजन* की पूर्व पत्रकार जागृति शुक्ला ने लिखा, 'सो कॉमी गौरी लंकेश हैज बिन मर्डर्ड मर्सिलेसली। योर डीड्स ऑलवेज़ कम बैक टू हॉन्ट यू, दे से। आमेन' (तो कम्युनिस्ट गौरी लंकेश निर्ममता के साथ मार दी गई। आप के पाप, आप का लगातार पीछा करते हैं। आमेन) गुजरात के एक व्यापारी, निखिल दधीच ने गौरी लंकेश को कुतिया (bitch) कहा। वह सूरत का एक व्यापारी है। उसके ट्विटर अकाउंट में लिखा गया है कि 'ऑनर्ड टू बी फॉलोड बाई पीएम श्री @narendramodi जी'

केंद्रीय मंत्री गिरिराज सिंह और भाजपा के उत्तरी गुजरात के सेल इंचार्ज पराग शेठ भी उसके फ़ॉलोअर्स में शामिल हैं।

हत्यारों को इस कदर वीर बना कर प्रस्तुत करना कभी वर्तमान तक सीमित नहीं रह सकता। वह अतीत तक पहुंचता ही है। गांधी की हत्या करने वाला नाथूराम गोडसे का अतिवादियों और दक्षिणपंथ के खेमे में सार्वजनिक रूप से महिमामंडन किया जाता है। उसे सम्मानित व्यक्ति बना दिया गया है। 'गोडसे वाज गॉड सेंट' (गोडसे को ईश्वर ने भेजा था), 'गांधी शुड हैव बिन हैंग्ड' (गांधी को फांसी दी जानी चाहिए थी), 'गोडसे हैड वैलिड रीजन टू शूट गांधी' (गांधी की हत्या के लिए गोडसे के पास वाजिब कारण थे) और 'आय एम ए बिग गोडसे फैन, सो व्हाट?' (मैं गोडसे का अंधभक्त हूं, तो क्या हुआ?) इस किस्म के संदेश इंटरनेट पर इकठ्ठा रहते हैं। गोडसे के लिए मंदिर बनाए जाते हैं। अप्रैल 2006 में, नांदेड में बम बना रहे हिंदू अतिवादी मारे गए थे। बाद में पता चला कि वह गोडसे की मौत के दिन को 'हुतात्मा दिवस' (शहीद दिवस) के तौर पर मनाते थे। ऐसा करने वाले वह एकमात्र नहीं हैं। दक्षिणपंथ में यह रिवाज बना हुआ है। गोडसे की कतार में वे लोग भी जुड़ जाते हैं जो 1992 में बाबरी मस्जिद विध्वंस में शामिल थे और वे लोग भी जिन्होंने पत्रकारों और मुसलमानों को, कार्यकर्ताओं और दलितों को मरवाया है। बाबरी मस्जिद विध्वंस के एक प्रमुख शिल्पकार को तो 'हिंदू हृदय सम्राट' के तौर पर गौरवान्वित भी किया जाता रहा है।

निरपराध लोगों के खिलाफ हिंसा का सामान्यीकरण और हत्यारों का महिमामंडन हमारे समाज की नैतिक हदों पर गंभीर सवाल उठाता है। यहूदियों के जनसंहार का संगठन करने वाले नात्शी एडोल्फ आइशमैन के बारे में बात करते हुए दार्शनिक हाना एरेंट लिखती हैं,

> आइशमैन के साथ चिंतित करनेवाली बात यह थी कि तमाम लोग उसके जैसे थे और वे सब न विकृत लोग थे, ना ही परपीड़क थे। वे सभी बेहद और बेहद सामान्य लोग थे। हमारी कानूनी संस्थाओं और हमारे विवेक के नैतिक पैमानों के नजरिए से देखें और उन तमाम अत्याचारों को जोड़ दें तो उनका यह सामान्य होना उससे भी अधिक डरावना था।

VI

कुछ तो वाकई मनोरोगी जैसे दिख रहे थे। लोगों का बहुलांश चिथड़े लपेटे और निरक्षर किसानों का था, जो तुत्सी के प्रति नफरत की भावना से आसानी से उन्माद में आ सकते थे। मैं जिनसे मिला उनमें शायद सबसे भयावह लोग थे, शिक्षित राजनीतिक अभिजात, आकर्षक व्यक्तित्व वाले और नफासत भरे स्त्री-पुरुष, जो दोषरहित फ्रेंच बोलते थे और जो युद्ध और जनतंत्र पर लंबी दार्शनिक बहस में आसानी से शामिल हो सकते थे। लेकिन सिपाहियों और किसानों के साथ वह एक चीज साझा कर रहे थे : वे अपने देशवासियों के खून में डूबे हुए थे।

बीबीसी पत्रकार, फरगाल कीन की किताब *सीज़न ऑफ़ ब्लड (ए रवान्डन जर्नी)* में लिखी इन बातों को पढ़ते हुए मुमकिन है कि आप अंदर ही अंदर सहम जाएं। 1994 में रवांडा में हुए संगठित और सुनियोजित कत्लेआम में 8 लाख तुत्सी मार दिए गए थे। वह घटना 20वीं सदी की आखिरी दहाई के सबसे विचलित करने वाले प्रसंगों में से एक थी।

रवांडा की प्रतिध्वनियां भारत में भी जोर-शोर से सुनी जा सकती हैं।

हिंसा भारत के जीवन की एक कड़वी हकीकत है। निश्चित ही इस हिंसा के लिए हिंसा के अंजामकर्ताओं, सड़कों पर मौजूद कट्टरपंथियों पर ही दोषारोपण करना होगा मगर उन गहरी सामाजिक जड़ों पर भी गौर करना होगा जो हिंसा को जन्म देती हैं।

70 और 80 की दशक में, हमारे स्कूल-कॉलेज के दिनों में, हम देखते थे कि किसी दंगे के बाद संवेदनशील लोग 'सांप्रदायिक सद्भाव' की रैलियां निकालते थे। उन्हें पता था कि इस तरह के दंगे कुछ कट्टरपंथी यानी कुछ ऐसे बुरे लोग कराते हैं जो वास्तविक सदभाव को समाप्त करने पर आमादा रहते हैं। अगर हम उन दिनों की ओर पीछे मुड़ कर देखें तो प्रतीत होता है कि हम कितने मासूम थे। हम लोग दिन-रात हमारी महान संस्कृति की सहिष्णुता का गुणगान करते रहते थे, अपनी पीठ खुद थपथपाते रहते थे और इस दौरान हमारे अपने समाज में हिंसा की दैनंदिन उपस्थिति और उसके सामान्यीकरण की तरफ से आंखें मूंदे रहते थे। हम लोग अहिंसा

के पुजारी,गांधी, की महानता के पीछे शरण लेते थे और इस बात पर गौर करने के लिए तैयार तक नहीं थे कि किस तरह एक भयानक किस्म की हिंसा धीरे-धीरे वैध होती गई है, वही हिंसा जो दलितों, स्त्रियों और समाज के अन्य उत्पीड़ित तबकों के खिलाफ लंबे समय से इस्तेमाल होती रही है। सदियों से इस हिंसा पर धार्मिक स्वीकृति की मुहर लगी है और आजादी के आंदोलन के दिनों या भारतीय आधुनिकता के उद्भव के दौरान भी इस स्वीकृति को अवैध घोषित नहीं किया गया है। इसके बजाए जाति समाज और हिंदू धर्म से उद्भूत हुई सोपानक्रम पर टिकी इन प्रथाओं की विषाक्तता ने भारत में इस्लाम, ईसाई धर्म और बौद्ध धर्म को भी आप्लावित किया है।

जरा इस हिंसा की कल्पना करें। एक स्त्री, जिसका पति गुजर जाता है, उसे उसके मृत पति की चिता पर ही जिंदा जलाया जाता है। अगर पहले नारीद्रोह की संस्कृति के हिस्से के तौर पर कन्या भ्रूणहत्या प्रचलन में थी तो अब वही काम करने के लिए यौन केंद्रित गर्भपात का इस्तेमाल किया जाता है। भारत में 3 करोड़ 30 लाख महिलाएं गायब हैं। वे कहां गईं? ये ऐसे तथ्य हैं जिन पर सीधे गौर करने की जरूरत है, न कि उन्हें 'सहिष्णुता' के नाम पर खारिज करने की। डॉ. आंबेडकर इस हिंसा से कहीं भागे नहीं। उनकी रचनाओं को पलटने पर यह बात स्पष्ट होती है कि किस तरह हमारे समाज में हिंसा जड़मूल हो चुकी है। डॉ. आंबेडकर इस बात को रेखांकित करते हैं कि जब कोई पुरोहित किसी दलित को मंदिर में प्रवेश से रोकता है या वेदों को पढ़ने के कारण किसी दलित को पीटा जाता है तब इन कार्रवाइयों को अवैध नहीं कहा जाता बल्कि धार्मिक कर्तव्य का पालन कहा जाता है। कहा जाता है कि धर्म व्यक्तियों को आदेश देता है कि वह दलितों को अपमानित करें। यह धर्म की आचार संहिता होती है, भले ही वह संविधान की आचार संहिता का उल्लंघन करती हो।

क्या सांप्रदायिक दंगा वैध या अवैध होता है? किताबों में दर्ज कानून इस प्रश्न का उत्तर देने का पैमाना नहीं हो सकता। राज्य की कार्रवाइयां इस मामले में स्पष्ट संकेत देती हैं। केंद्रीय गृह मंत्रालय की एक इकाई – ब्यूरो ऑफ़ पोलिस रिसर्च ऐंड डेवलपमेंट – ने इस मामले में किए अध्ययन में बताया था कि 1954 से 1996 के दरमियान दंगों की 21,000 घटनाएं हुईं, जिसमें 16,000 लोग मारे गए और एक लाख से अधिक घायल हुए। इस अध्ययन की अहम बात यह है कि इस हिंसा और

मौत के लिए मुट्ठी भर लोग ही जवाबदेह माने गए। तमाम ऐसे लोग जिन्हें इसके लिए जवाबदेह समझना चाहिए था – वह रवांडा की तरह – 'आकर्षक व्यक्तित्व वाले सुशिक्षित राजनीतिक अभिजातों और नफासत भरे स्त्री और पुरुष' समुदाय का हिस्सा थे। इनमें से किसी ने भी कारावास के अंदर की कोठरी नहीं देखी होगी।

आतंकवाद के खिलाफ खड़ा नागरिक समुदाय इस किस्म की अंधाधुंध हिंसा और आगजनी को लेकर एक विचित्र किस्म की अस्पष्टता बरतता है। अध्ययन बताते हैं कि ऐसे दंगे शायद ही कभी स्वतःस्फूर्त या निराश लोगों की कार्रवाईयां होते हैं। दरअसल अधिकांशतः वे अधिक संगठित मामले होते हैं। राजनीतिक विज्ञानी पॉल आर. ब्रास 'संस्थागत दंगा प्रणालियों' की बात करते हैं जो ऐसी भयानक हिंसक कार्रवाईयों को अंजाम देते हैं। मेरठ के अपने अध्ययन (2004) में ब्रास इस प्रणाली को इस तरह परिभाषित करते हैं,

> स्वतःस्फूर्त घटनाएं होने के बजाए, ऐसे दंगों का आयोजन कुछ महत्वपूर्ण व्यक्तियों की सुनियोजित और सचेत कार्रवाइयों, संदेशों के संप्रेषण, सहभागियों की भरती और खासकर भड़काऊ किस्म की अन्य गतिविधियों, जो कि एक व्यापक प्रदर्शन का हिस्सा होती हैं कि निर्मिती होता है। इसके अलावा, जब तक वक्त मुफीद न हो, संदर्भ आनंदप्रद न हो और प्रदर्शन के रास्ते में गंभीर बाधाएं न हों, इन सभी कार्रवाइयों के लिए निरंतर रिहर्सल की जरूरत होती है।

अदालती मामले अक्सर खारिज किए जाते हैं क्योंकि हिंसा करने वाले अक्सर यह दावा करते हैं कि उनकी इसमें कोई भूमिका नहीं थी क्योंकि हलचल 'स्वतःस्फूर्त' थी। यह एक नकली बचाव है लेकिन वह काम करता है। वह नेल्ली (असम) और दिल्ली के कातिलों के लिए भी काम करता है।

18 फरवरी 1983 को असम के मध्य स्थित नागांव में हथियारबंद समूहों ने छह घंटे के अंतराल में लगभग 3,000 से 10,000 लोग, जिनमें अधिकतर मुसलमान थे, को मार डाला। उन्होंने इस कत्लेआम को क्यों अंजाम दिया? उनका दावा था कि जिन लोगों को उन्होंने मारा है वह बिना दस्तावेजों के बांग्लादेश से आए थे। इन हत्याओं के

पीछे एक पूरी राजनीतिक कहानी थी, जिसका ताल्लुक ऑल-असम स्टूडेंट्स यूनियन और कांग्रेस पार्टी के आपसी चुनावी झगड़े से था। हकीकत यही थी कि वह कहानी का एक हिस्सा मात्र था। मुख्य बात यह है कि इतने दशकों के बाद भी, इस हिंसा की पड़ताल के लिए टी. पी. तिवारी की अगुआई में बनाए गए जांच आयोग की रिपोर्ट ढाई दशक पहले ही जमा कर दी गई है, वह अभी भी अलक्षित है। इस रिपोर्ट की महज तीन कॉपियां उपलब्ध हैं। असम में कोई भी राजनीतिक पार्टी इस कत्लेआम की ओर नए सिरे से पलटना नहीं चाहती। कोई भी सरकार पर दबाव नहीं डाल रहा कि वह तिवारी आयोग की रिपोर्ट प्रकाशित करे। एक जापानी विद्वान – माकिको किमुरा – गुवाहाटी, असम के ओमियो कुमार दास इन्स्टिट्यूट में नेल्ली कत्लेआम पर एक पर्चा पेश करना चाहती थीं लेकिन उन्हें अनुमति नहीं दी गई। इस मनाही के पीछे कोई कारण तक नहीं बताया गया। 2001 में किमुरा ने नेल्ली में व्यापक अनुसंधान किया था। इस कत्लेआम के तीन अलग-अलग किस्म के आख्यानों पर बात करना उनके पर्चे का मुख्य केंद्र था। उसमें किसी की तरफ उंगली नहीं उठायी गई थी। इसके बावजूद, उन्हें इस विषय को प्रस्तुत करने की अनुमति नहीं दी गई। सरकार दरअसल यही चाहती है कि मामला अब दफन हो जाए।

1984 के दिल्ली का वह कत्लेआम, जिसमें प्रधानमंत्री इंदिरा गांधी की हत्या के बाद भड़की हिंसा में कम से कम तीन हजार निरपराध, जिसमें अधिकतर सिख मारे गए थे, अब भी मौन की चादर में लिपटा हुआ है लेकिन दिसंबर 2018 में न्यायाधीश एस. मुरलीधर और न्यायाधीश विनोद गोयल की अगुआई में दिल्ली उच्च अदालत ने *स्टेट थ्रू सीबीआई वर्सेस सज्जन कुमार ऐंड अदर्स* में यह फैसला दिया कि न केवल वरिष्ठ कांग्रेसी नेता इन जन-हत्याओं में शामिल थे बल्कि ऐसी हत्याओं का एक 'परिचित पैटर्न' बन गया है।

> अगर हम कुछ घटनाओं की ही बात करें, जैसे 1993 के मुंबई, 2002 के गुजरात या कंधमाल, 2008 के ओडिशा या 2013 में यू. पी. का मुजफ्फरनगर, हम इन जन-हत्याओं में एक परिचित पैटर्न देखते हैं। इन हत्याओं में जो साझा है, वह है – अल्पसंख्यकों को निशाने पर रखना और हमलों की अगुआई में वर्चस्वशाली

राजनीतिक कारकों का होना, जिन्हें कानून पर अमल करनेवाली एजेंसियां भी सुगम बनाती हैं। ऐसे जन-अपराधों के लिए जिम्मेदार अपराधियों को राजनीतिक संरक्षण मिलता रहा है और वे मुकदमों और सजा से बचते आए हैं।

ऐसे अपराधियों के साथ न्याय करना हमारी कानून व्यवस्था के सामने गंभीर चुनौती खड़ा करता है। जैसा कि यही अपील बताती है कि उन पर कार्रवाई होते-होते कई दशक गुजर जाते हैं। यह स्थिति हमारी कानूनी प्रणाली को मजबूत करने की मांग करती है। अपराध को लेकर हमारे घरेलू कानून में न 'इंसानियत के खिलाफ अपराध', न 'जनसंहार' जैसे प्रावधान मौजूद हैं। इस कमी को जल्द से जल्द संबोधित किया जाना चाहिए।

VII

आज भारत आजादी के आंदोलन की उन उम्मीदों से कितना दूर चला आया है, जिन्हें नेहरु के भाषण 'ट्रिस्ट विथ डेस्टिनी' ने कुछ हद तक प्रतिबिंबित किया था!

अगस्त 2018 में पंजाब सरकार ने भारतीय दंड संहिता के संशोधन का प्रयास किया ताकि धार्मिक किताबों की आलोचना को अपवित्रीकरण और प्रमुख अपराध समझा जाए। निश्चित ही ऐसे कदम इस तरह के प्रावधान लाएंगे, जो संविधान के बचे-खुचे धर्मनिरपेक्ष स्वरूप पर ही आघात होंगे। एक सिविल सोसायटी समूह कॉन्स्टिट्यूशनल कंडक्ट ने पंजाब के मुख्यमंत्री अमरिन्दर सिंह और कांग्रेस अध्यक्ष राहुल गांधी को पत्र लिख कर इस कदम पर सवाल उठाए। उनका कहना था कि 'राज्य के मामलों से धर्म की भूमिका को घटाते जाने के बजाए, यह कदम संकीर्णतावाद की पकड़ को और मजबूत करेगा और हर तरफ से धार्मिक अतिवादियों को मजबूती प्रदान करेगा। अधिकांशतः रिटायर्ड सिविल सेवा अधिकारियों द्वारा संचालित कॉन्स्टिट्यूशनल कंडक्ट की तरफ से यह भी रेखांकित किया गया कि ईशनिंदा के कानून, 'भाषण और अभिव्यक्ति की स्वतंत्रता के लिए सीधा खतरा हैं'। उन्होंने इस बात पर जोर दिया कि ऐसे कानूनों का दुनिया भर में दुरूपयोग होता है और ये कानून

'मुख्यतः अल्पसंख्यकों और समाज के कमजोर तबके को प्रताड़ित करने के लिए इस्तेमाल होते हैं, व्यक्तिगत तथा पेशेगत विवादों को निपटाने के लिए प्रयुक्त होते हैं। दरअसल ऐसे मामलों का ईशनिंदा से कोई संबंध नहीं होता'।

धर्मनिरपेक्षता और समाजवाद की कलंकित होती भावना के बारे में किसी भी चर्चा में 1955 के सिटिजनशिप ऐक्ट में प्रस्तावित संशोधन की भी बात करनी होगी, जिसकी चर्चा इस अध्याय में पहले की जा चुकी है।

इस चर्चा में हमें उन कदमों की भी बात करनी चाहिए, जिसके तहत न केवल 'सार्वजनिक दायरे में हिंदू रस्मों' को वैध बनाने की कोशिशें जारी हैं बल्कि पत्रकार भारत भूषण के अनुसार एक 'ऐसा वर्चस्वशाली हिंदू सार्वजनिक दायरा तैयार करने की कोशिश चल रही है जो अन्य को हाशिए पर डाल दे'।

मिथक शास्त्र, विज्ञान को कमजोर करने पर आमादा है। 2016 राजस्थान की चर्चा करते हुए इंडिया टुडे ने एक खबर दी थी :

> 1 जुलाई 2015 से, योग, प्राणायाम, वंदे मातरम, सूर्य नमस्कार और ध्यान को स्कूल की प्रार्थनाओं में अनिवार्य किया गया है; हर सरकारी और गैर-सरकारी स्कूलों में सरस्वती पूजा अनिवार्य कर दी गई; हर स्कूल में एक स्कूल विकास कमिटी बनाई गई है जिसकी बैठक हर *अमावस्या* पर होनी ही है; *भगवद्गीता* को पाठयक्रम का हिस्सा बनाया गया है; स्कूलों में गीता और भगत सिंह की जेल डायरी भी अनिवार्य बना दी गई है। स्कूल के पुस्तकालयों में एकात्म मानवतावाद और सामाजिक समरसता पर भी किताबें शामिल की गई हैं।

इंडियन स्पेस रिसर्च ऑर्गेनाइजेशन के पूर्व चेयरपर्सन और अग्रणी वैज्ञानिक, जी. माधवन नायर ने यह सिद्धांत पेश किया कि वेद के श्लोकों में चंद्रमा पर पानी की उपस्थिति का उल्लेख किया गया है। उनका कहना था 'अंतरिक्ष और अणु उर्जा के बारे में वेदों में बहुत सारी जानकारी मिलती है'। . . . 'हम लोग ईसापूर्व 600 सदी तक तो अच्छे थे, बाद में आजादी तक आक्रमणों का दौर चलता रहा'। जिस दौर की चर्चा यहाँ माधवन कर रहे हैं, वह गौरतलब है। माधवन नायर सांप्रदायिक इतिहास दृष्टि को

दर्शा रहे हैं, वह दृष्टि जो भारत के पतन के लिए *मुसलमानों* को जिम्मेदार ठहराती है।

भारत के धर्मनिरपेक्ष लोकाचार को क्या हुआ? धर्मनिरपेक्षता को एक गांधीवादी विचार 'सर्वधर्म समभाव' के तौर पर देखा और समझा जाता रहा है। लेकिन इस विचार के खिलाफ धर्म को राजनीति से अलग करने का अधिक उदारवादी विचार भी उपस्थित हुआ। भारत में इस मामले पर केंद्रित चर्चाओं में स्पष्टता की कमी देखी जा सकती है। हिंदुत्व वर्चस्ववादी और उससे जुड़ी जमातों ने जब 1992 में बाबरी मस्जिद का विध्वंस किया, तब प्रगतिशीलों में एक तबका था जिसने 'नकली राम' के बरअक्स 'असली राम' को अपनाने की बात की यह – एक किस्म का – शाब्दिक खेल था जिसमें अच्छे धर्म बनाम बुरे धर्म की बात की जा रही थी।

मार्क्सवादी आलोचक पीटर बर्गर, धर्मनिरपेक्षता की समूची प्रक्रिया को 'एक ऐसी प्रक्रिया बताते हैं जिसमें समाज और संस्कृति के दायरे, धार्मिक संस्थानों और प्रतीकों के वर्चस्व से हटाए जाते हैं', इस पर गंभीर विचार नहीं किया गया। अगर कोई समाज सेक्युलर नहीं है, तो फिर राज्य को सेक्युलर बनाए रखने पर जोर देने का क्या औचित्य है? क्या यह जोर समाज के धर्मनिरपेक्षीकरण पर नहीं होना चाहिए? शायद यह दृष्टि काम कर रही थी कि औद्योगिकीकरण की प्रक्रिया के साथ, धर्म का क्षय होगा और इसलिए अंतरिम काल के लिए आवश्यक है कि धर्मनिरपेक्ष राज्य बना रहे? मीरा नंदा लिखती हैं कि प्रबोधन की प्रक्रिया के अंतर्गत 'विश्वास यही था कि जैसे-जैसे स्त्री और पुरुष खुदा को शामिल किए बिना प्रकृति की अंतर्निहित व्यवस्था को समझने लगेंगे, वह ईश्वर पर की गई आस्था से आगे निकलेंगे'। भारत का संविधान धर्मनिरपेक्षीकरण के इसी क्लासिकीय नजरिए पर आधारित है। काम की प्रक्रिया के विवेकीकरण पर हमारा विश्वास दैवी दखलअंदाजी और जादुई कार्रवाइयों के विचारों को समाप्त कर देगा।

इस दौरान, समाज में विभिन्न सांप्रदायिक ताकतों के सभी किस्म के प्रतिक्रियावादी हस्तक्षेप के दायरे हमेशा ही खुले रहे।

दार्शनिक चार्ल्स टेलर कहते हैं कि धर्मनिरपेक्षता को उस व्यापक संघर्ष के तौर पर न देखकर, स्थूल रूप में सांप्रदायिकता विरोधी संघर्ष के हिस्से के तौर पर देखा गया, जिसके तहत 'धर्म को स्वायत्त सामाजिक दायरों से बाहर करने' की बात की

जाती हो। ऐसे आंदोलन जो 'सांप्रदायिक ताकतों' से सीधे नहीं जुड़े थे, उन्हें भी समाज के धर्मनिरपेक्षीकरण में अहम भूमिका अदा करनी थी। इन विभिन्न आंदोलनों में हमें जाति विरोधी या दलित आंदोलन, पितृसत्ता और जेंडर आधारित उत्पीड़न के खिलाफ आंदोलन, लोक विज्ञान आंदोलन, तर्कशील आंदोलन और सम्मान तथा अधिकारों के लिए शोषितों और उत्पीड़ितों के आंदोलन को भी शामिल करना चाहिए। यह आंदोलन समाज के धर्मनिरपेक्षीकरण के जरूरी हिस्से रहे हैं, जो हमें लिंचिस्तान बनने से बचा सकते हैं।

तीन

पवित्र गायें

यह विचित्र लोग हैं। इन्हें मानवीय जीवन के अलावा सबका जीवन पवित्र दिखता है।

– मार्क ट्वेन, *फॉलोइंग द इक्वेटर*, 1897

हर स्पृश्य हिंदू, चाहे वह ब्राह्मण हो या गैर-ब्राह्मण, गोमांस भक्षण के सवाल के जवाब में हमेशा यही कहेगा - 'नहीं, कभी नहीं'। एक खास तरीके से देखें तो बात सही है। लंबे समय से हिंदुओं ने गोमांस नहीं खाया है। अगर स्पृश्य हिंदू अपने जवाब से यही संप्रेषित करना चाह रहा है तो हमें कोई गुरेज नहीं है। मगर वहीं पढ़ा-लिखा ब्राह्मण यह तर्क करने लगे कि हिंदुओं ने न केवल गोमांस भक्षण नहीं किया बल्कि उन्होंने हमेशा गाय को पवित्र माना और उसकी हत्या का विरोध किया, तब इस बात पर यकीन करना असंभव है।

– डॉ. आंबेडकर, 'क्या हिंदुओं ने कभी गोमांस नहीं खाया?', *अछूत*, 1948

I

क्या हिंदुओं ने कभी गोमांस नहीं खाया? डॉ. भीमराव आंबेडकर ने अपनी कई रचनाओं में इस विशिष्ट मुद्दे की पड़ताल की है, इस मामले में उन्होंने अधिक स्पष्टता के साथ *अछूत* (1948) में लिखा है।

भगवा कट्टरपंथी, आंबेडकर को अपने उपयुक्त बनाना चाह रहे हैं, मगर वह इस

बात का एहसास नहीं करते या वे इस बात पर पर्दा डालना चाह रहे हैं कि किस तरह आंबेडकर ने ब्राह्मणवाद और पूंजीवाद के खिलाफ जबर्दस्त संघर्ष करने की अपील की थी। आंबेडकर भारतीय इतिहास की जड़ तक पहुंचते हैं ताकि जाति आधारित सोपानक्रम के उभार को समझ सकें। अन्य भगवा बुद्धिजीवियों के बरअक्स उन्हें इस छद्म दोषारोपण में कोई रूचि नहीं है, जो भारत में जातिप्रथा के लिए इस्लाम को दोषी ठहराती है। हिंदुत्व के विचारों और आंबेडकर के विचारों में गहरा अंतर है।

भगवा बुद्धिजीवी आंबेडकर के एक साफ-सुथरे (सैनिटाइज्ड) संस्करण को पेश करना और उनके रैडिकल नजरिए को छोड़ देना चाहते हैं। सावरकर, गोलवलकर और हेडगेवार जैसे संघ के नायकों के साथ-साथ, वह आंबेडकर को भी उसी भगवा कुर्सी पर विराजमान करना चाह रहे हैं। यह वे लोग हैं जो भगवा बुद्धिजीवियों के लिए प्रातःस्मरणीय हैं। डॉ. आंबेडकर ने हिंदू धर्म और हिंदुत्व के बारे में जिन महत्वपूर्ण मुद्दों को रखा था, उन्हें वह ढंक देना चाह रहे हैं। तीस के दशक के मध्य में आंबेडकर ने कहा था कि 'वह भले ही हिंदू के तौर पर जन्मे हों मगर वह 'हिंदू रह कर मरना नहीं चाहते हैं'। उन्होंने 1956 में ये काम किया, जब उन्होंने अपने लाखों अनुयायियों के साथ बौद्ध धर्म का स्वीकार किया। अपनी किताब *पाकिस्तान और भारत का विभाजन* (1945) में आंबेडकर लिखते हैं,

> अगर हिंदू राज हकीकत बनता है तो निस्संदेह वह मुल्क के लिए सबसे बड़ी विपदा साबित होगा। हिंदू जो भी कहें, हिंदू धर्म स्वतंत्रता, समता और बंधुता के लिए खतरा है। इस पहलू से देखें तो वह जनतंत्र के साथ असंगत है। हिंदू राज को किसी भी कीमत पर रोका जाना चाहिए।

भगवा बुद्धिजीवी इन तमाम बातों को छोटा करके पेश करना चाहते हैं और हिंदू समाज सुधारक के तौर पर आंबेडकर को बढ़ावा देना चाहते हैं ताकि दलित अवाम को बरगला सकें। कम से कम चाहते तो वह कुछ ऐसा ही हैं।

भगवा बुद्धिजीवियों का चुनिंदा स्मृतिलोप महज आंबेडकर जैसी महान शख्सियत तक ही सीमित नहीं है। यहाँ तक कि स्वामी विवेकानंद जैसी शख्सियत को भी वह

अपने रंग में रंगना चाहते हैं। जबकि स्वामी विवेकानंद इन भगवा बुद्धिजीवियों की सोच से कहीं आगे हैं। आंबेडकर की तरह स्वामी विवेकानंद भी संघ और उसके गिरोह की संकीर्ण समझदारी से अलग, गोमांस पर अपना नजरिया रखते हैं। पासादेना, कैलिफोर्निया (संयुक्त राज्य अमेरिका), के शेक्सपीयर क्लब में स्वामी विवेकानंद ने 2 फरवरी 1900 को व्याख्यान दिया। व्याख्यान का विषय था 'बौद्ध भारत'। उन्होंने कहा, 'आप यह जानकर आश्चर्यचकित होंगे अगर मैं आप को बता दूं कि पुराने रिवाजों के मुताबिक वह अच्छा हिंदू नहीं है जो गोमांस नहीं खाता। कुछ अवसरों पर उसे बैल की कुर्बानी देनी ही है और उसका भक्षण करना है'। स्वामी विवेकानंद द्वारा स्थापित रामकृष्ण मिशन ने भारतीय अतीत के अहम सवालों पर अनुसंधान को भी प्रायोजित किया है। जाने-माने विद्वान चित्तेनजूर कुन्हन राजा, द्वारा वेदों पर किए गए एक अध्ययन में प्राचीन भारत की भोजन संस्कृति पर रौशनी डाली गई है :

> वैदिक आर्य, जिनमें ब्राह्मण भी शामिल थे, मछली, मांस और यहाँ तक कि गोमांस भी खाते थे। एक विशिष्ट अतिथि को भोजन में गोमांस परोसा जाता था। भले ही वैदिक आर्य गोमांस भक्षण करते थे, दुधारू गायों को नहीं मारा जाता था। गाय के लिए प्रयुक्त एक शब्द था *अघ्न* अर्थात जिसे मारा नहीं जाएगा। लेकिन मेहमान यानी *गोघ्न* (जिसके लिए गाय मारी जा सकती थी) के लिए ऐसा किया जाता था। आमतौर पर बैल, अनुपयोगी गायें और बछड़ों को मारा जाता था।

विनायक दामोदर सावरकर, जो हिंदुत्व की अवधारणा के प्रणेता थे, अपनी किताब *क्ष-किरणें* (1936) में लिखते हैं, 'गाय न खुदा है, न मां है बल्कि एक खालिस उपयोगी जानवर है। हमें उसकी पूजा नहीं करनी चाहिए बल्कि उसका ठीक से पालन करना चाहिए ताकि हम उससे बेहतर नतीजे हासिल कर सकें'। उनकी यह रचना अपने तेवर में बहुत तीखी है। सावरकर कहते हैं, अगर कोई जानवर पूजा योग्य है तो आखिर सूअर की पूजा क्यों न करें? उन्होंने कहा है कि वेदों में गौहत्या के संदर्भ (*गोमेधि वेदादिकत तुरालाकपने उल्लेखिले आहे*) मिलते हैं। *समाज चित्रे* में वह लिखते हैं,

पवित्र गायें

गाय और बैल जैसे जानवर और बरगद तथा पीपल जैसे पेड़, मनुष्य के लिए उपयोगी होते हैं, इसलिए हमें वह अच्छे लगते हैं; उस हद तक हम उन्हें पूजा योग्य भी समझ सकते हैं! . . . क्या इसका ही अर्थ यह नहीं निकलता कि कुछ परिस्थितियों में, जब वह पशु या पेड़ मनुष्यता के लिए परेशानी का सबब बने, वह बचे रहने या संरक्षण के लायक नहीं रहता और इस तरह उसका विनाश मानवीय या राष्ट्रीय हित में होता है और वही मानवीय या राष्ट्रीय धर्म बन जाता है?

इन सभी बातों को भगवा बुद्धिजीवियों ने दफना दिया है। उनके लिए *मौनम् सर्वार्थ साधनम्* वाली स्थिति है। यही वजह है कि राष्ट्रीय स्वयंसेवक संघ, डॉ. द्विजेंद्र नारायण झा की प्राचीन भारत में भोजन का वास्तविक इतिहास बयां करने वाली किताब *द मिथ ऑफ़ द होली काउ* से नफरत करता है। ब्राह्मणी, बौद्ध और जैन धार्मिक किताबों से मिले प्रमाणों का उपयोग कर प्रो. झा इस मिथक को बेपर्दा करते हैं कि गौहत्या और गोमांस भक्षण भारत में इस्लाम के अनुयायियों ने किया। वह कहते हैं कि प्राचीन भारत में इस्लाम के आगमन से बहुत पहले से ही बीफ़ खाया जाता था। एक साक्षात्कार में वह कहते हैं,

> पशुओं की बलि देना वैदिक काल में बहुत आम था। सभी सार्वजनिक यज्ञों की तैयारी के तौर पर की जानेवाली रस्म *अग्रध्येय* के तहत एक गाय की बलि अनिवार्य होती थी। सबसे महत्वपूर्ण सार्वजनिक यज्ञ *अश्वमेध* के तहत छह सौ पशुओं और पक्षियों की बलि दी जाती थी और उसके अंत में 21 गायों की बलि दी जाती थी। *राजसूय* और *वाजपेय* की तरह सार्वजनिक यज्ञों के एक भाग के तौर पर होने वाले *गोसवा* में मारूत के लिए गाय की बलि दी जाती थी . . .

अपने आलेख 'काउ ऐंड द इल्ययूसिव हिंदू आइडेंटिटी' में झा लिखते है,

> महाकाव्यों से मिलने वाला सबूत स्पष्ट है। *महाभारत* के अधिकतर चरित्र मांसाहारी हैं, मगर अधिक दिलचस्प बात यह है कि इसमें *राजा रंतिदेव* के प्रति प्रशंसात्मक

शब्द हैं जिसकी रसोई में हर दिन दो हजार गायों की बलि दी जाती थी। उनका मांस, धान के साथ ब्राहमणों में वितरित किया जाता था। इसी तरह वाल्मिकी के *रामायण* में भी पशुओं की बलि का उल्लेख बार-बार होता है और उन पशुओं में गाय भी शामिल है।

इस मामले में झा अकेले नहीं हैं। अग्रणी भारतविद, वैदिक ग्रंथों के विशेषज्ञ तथा नेताजी इन्स्टिट्यूट फ़ॉर एशियन स्टडीज (कोलकाता), के प्रमुख नृसिंह प्रसाद भादुड़ी लिखते हैं, 'वेदों में हिंदू धर्म का सारतत्व निहित है। इसमें ऐसे उदाहरण भरे पड़े हैं जिसमें ऋषिजन और यहाँ तक कि भगवान भी बीफ़ खाते दिखाई पड़ते हैं। दरअसल, हिंदू घरों में पहुंचने वाले मेहमान को वेदों में "गोघ्न" कहा जाता है या ऐसा व्यक्ति जिसकी मेहमाननवाजी में उसे गोमांस खिलाया जाता है'। शतपथ ब्राह्मण को उद्धृत करते हुए भादुड़ी जोड़ते हैं, 'इतिहास के सबसे प्रारंभिक दार्शनिकों में से एक और तमाम आधिभौतिक प्रस्तावों पर सवाल खड़े करने वाले याज्ञवल्क्य कहते हैं, 'मैं (बीफ़) तभी खाता हूं जब उसे इतना पकाया जाए कि वह नरम हो जाए। देवों का राजा इंद्र भी बीफ़ का शौकीन था। ऋग्वेद में इंद्र मांग करते हैं कि उन्हें 15 से 20 बैल पका कर खिलाए जाएं'। डी. डी. कोसाम्बी, पी. वी. काणे, लक्ष्मण शास्त्री जोशी और राजेंद्र लाल मित्रा जैसे विद्वान भी झा और भादुड़ी के नजरिए की ताईद करते हुए लिखते हैं। इन विद्वानों ने बीफ़ के आहार और गाय की बलि चढ़ाने के बारे में 1891 से ही लिखा है। (मित्रा, *द इंडो आर्यन्स*, 1891) और चालीस का दशक आते-आते काणे अपने स्थायी महत्व के पांच खंडों में लिखे '*हिस्ट्री ऑफ़ धर्मशास्त्र*' में इसकी चर्चा करते हैं।

II

मेरी कोशिश थी कि गौहत्या पर पाबंदी को रोका जाए। डेअरी के बिजनेस में मुब्तिला हम सभी के लिए यह महत्वपूर्ण रहा है कि अस्वस्थ्य गायों को हटा दिया जाए ताकि उपलब्ध संसाधन स्वस्थ्य और उत्पादक पशुओं के लिए इस्तेमाल किए जा सके। मैं

यहाँ तक भी जाने को तैयार था कि किसी भी उपयोगी गाय की हत्या न हो। यही वह बिंदु था जिस पर मेरे तथा पुरी के शंकराचार्य के बीच जोरदार बहस चली। मैं बार-बार उनसे पूछता रहा, 'महामहिम, क्या आप अपने साथ सभी निरूपयोगी गायों को ले जानेवाले हैं, जो कुछ भी उत्पादन नहीं कर रही हैं और वे जब तक मरती नहीं हैं तब तक उनकी देखभाल करने वाले हैं? आप जानते हैं कि वैसा संभव नहीं है'। मेरे इस प्रश्न का उनके पास कोई जवाब नहीं था।

– वर्गीस कुरियन, *आई टू हैड ए ड्रीम*, 2005

भाजपा सरकार ने अपने कार्यकाल की शुरूआत 2014 में की। उसने हमेशा अपने आप को गौप्रेमी के तौर पर प्रस्तुत करना चाहा, एक ऐसी पार्टी के तौर पर जहाँ गाय पूजने वालों की बहुतायत है। अपनी इस साख को दिखाने के लिए उसने गाय को लेकर नए कानून बनाए और पुराने कानूनों को भी मजबूती दी तथा गायों की देखभाल के लिए अतिरिक्त फंड का भी इंतजाम किया। उसने गौकल्याण के लिए मंत्रालय भी बनाए।

विदित हो कि 1990 के दशक में, महाराष्ट्र में सत्तासीन शिवसेना-भाजपा सरकार ने इस मुद्दे को राजनीतिक पटल पर आगे ला खड़ा किया था। उसने 'महाराष्ट्र एनिमल प्रिजर्वेशन अमेंडमेंट बिल, 1995' नाम से विधेयक पारित किया था, जिसके तहत गायों के अलावा सांड, बैल और बछड़ों की हत्या पर पाबंदी लगाई गई। विधेयक को मंजूरी के लिए राष्ट्रपति के पास भेजा गया और जो मामला लटका ही रहा।

केंद्र में मोदी सरकार बनने के पांच माह बाद ही महाराष्ट्र में भाजपा की सरकार बनी, तब देवेंद्र फड़णवीस (जो खुद राष्ट्रीय स्वयंसेवक संघ से जुड़े रहे हैं) ने राष्ट्रपति के कार्यालय में पिछले बीस सालों से लटके, बीफ़ पर पाबंदी से जुड़े विधेयक पर नए सिरे से मुहर लगवाने की कोशिशें कीं। राष्ट्रपति प्रणव मुखर्जी ने बिना किसी विलंब के बिल पर मुहर लगा दी।

इस बिल का प्रभाव इस कदर था कि पशु और मीट उद्योग में लगे 15 लाख लोगों ने इसकी तीव्रता महसूस की। भले ही वह लोग पशुओं के यातायात, उनके वध, उनके गोश्त की प्रोसेसिंग या भारत के अंदर या बाहर के बाजार के लिए मीट के वितरण

में मुब्तिला हों। प्रभाव यहीं तक सीमित नहीं रहा। इसमें वह व्यापारी भी शामिल थे जो पशु बेचते थे और गाय की खाल की आपूर्ति कोलकाता और चेन्नई के चमड़े के कारखानों के लिए करते थे और जो इन केंद्रों में सक्रिय, चमड़े की मैन्युफैक्चरिंग करते थे। इसका प्रभाव किसानों पर भी पड़ा जिन्हें अब बेकार हो गए पशुओं की भी देखभाल करनी थी। दरिद्रता और तबाही तय थी। लेकिन सरकार ने कोई चिंता नहीं की।

महाराष्ट्र एकमात्र राज्य नहीं था जो गौरक्षा के मोर्चे पर सक्रिय हुआ था। भगवा हुकूमत वाले अन्य राज्यों ने भी गौरक्षा के मामले में उसी किस्म की उर्जा का प्रदर्शन किया, जबकि कृषि संकट जैसे जनपक्षीय मामलों को उठाने की ऊर्जा उनके पास नहीं थी। 2016 में हरियाणा की मनोहर लाल खट्टर (संघ के एक और स्वयंसेवक) के नेतृत्व वाली भाजपा सरकार ने गौरक्षा समूहों को लाइसेंस प्रदान किए ताकि वह गायों की स्मग्लिंग को लेकर पुलिस की मदद करें। गौहत्या और गौतस्करी को लेकर खबर देने के लिए सरकार ने नागरिकों के लिए 24 घंटे हेल्पलाईन की शुरूआत की। उसने बाकायदा एक पुलिस टास्क फोर्स का गठन किया जो इन शिकायतों पर कार्रवाई करे। गुजरात में सत्तासीन आनंदी बेन पटेल की भाजपा सरकार ने मार्च 2017 में ऐलान किया कि अब गौहत्या के लिए उम्र कैद की सजा सुनाई जाएगी। 'गाय और उसकी संततियों के रख-रखाव और विस्तार के लिए' राजस्थान में सत्तासीन रही वसुंधरा राजे की भाजपा सरकार ने अप्रैल 2017 में अतिरिक्त कर लगाए। राज्य ने पहले ही गायों के कल्याण के लिए अलग विभाग का निर्माण किया था। मार्च 2017 में उत्तर प्रदेश की योगी आदित्यनाथ सरकार ने 'गैरकानूनी' बूचड़खानों और मीट की दुकानों के खिलाफ अभियान चलाया।

सरकार के बाहर, गौरक्षक समूहों ने जो आमतौर पर राष्ट्रीय स्वयंसेवक संघ और भाजपा के साथ विचारधारात्मक और सांगठनिक स्तर पर जुड़े रहते हैं, गौहत्या पर पाबंदी के लिए और इस मुद्दे को लोकप्रिय बनाने के लिए संघर्ष चलाया। 2012 में भारतीय गौरक्षा दल का गठन हुआ। इस नेटवर्क से देश भर के लगभग पचास समूह जुड़े हैं। इनके साथ लगभग 10,000 वालंटियर्स हैं, जो देश के हर राज्य में सक्रिय रहते हैं। उनके नेता पवन पंडित ने ह्यूमन राइट्स वाच को 2017 में बताया, 'अब समूचा भारत गौरक्षा समूह है क्योंकि पशुओं के प्रति बरती जा रही क्रूरता को लेकर

लोग क्षुब्ध हैं'। उनके मुताबिक, भाजपा इस मसले पर उतनी सख्त नहीं है।

2019 में ह्यूमन राइट्स वाच ने एक रिपोर्ट जारी की 'वायलेंट काउ प्रोटेक्शन इन इंडिया'। इस रिपोर्ट में उसने एनडीटीवी के एक सर्वेक्षण में बताया कि किस तरह 2014 से 2018 के दरमियान चुने हुए नेताओं द्वारा सांप्रदायिक भाषा के इस्तेमाल में लगभग 500 फीसदी (भाजपा के सत्ता में आने के पहले के 5 सालों के साथ तुलना की गई है) की बढ़ोत्तरी हुई है, जिसमें से 90 फीसदी अकेले भाजपा नेताओं से संबंधित थे। रिपोर्ट में कहा गया था कि 'गौरक्षा इनमें से कई भाषणों की महत्वपूर्ण विषयवस्तु थी'।

III

उत्तर प्रदेश में गौहत्या पर पाबंदी लगाए जाने के बाद चमड़ा उद्योग के लिए पशु के कच्चे खाल और चमड़े की उपलब्धता के बारे में अप्रैल 2017 में बहस में भाजपा नेता और वाणिज्य मंत्री निर्मला सीतारमन ने लोकसभा में बात रखी। उत्तर प्रदेश के मुख्यमंत्री योगी आदित्यनाथ की तरफ से बोलते हुए सीतारमन ने एक महत्वपूर्ण वक्तव्य दिया। उन्होंने कहा, 'दरअसल मुख्यमंत्री वही कर रहे हैं जो आजादी के आंदोलन के पीछे की भावना थी'। अलवर, राजस्थान में स्वयंभू गौरक्षकों द्वारा की गई पहलू खान की हत्या और साध्वी कमल दीदी द्वारा इन गौआतंकियों की प्रशंसा करने और उन्हें भगत सिंह और चंद्रशेखर आजाद की श्रेणी में शुमार किए जाने के एक माह बाद उनका यह वक्तव्य लोकसभा में प्रस्तुत हुआ। इससे एक साल पहले, बिसाडा उत्तर प्रदेश के निवासियों ने, मोहम्मद अखलाक की हत्या और उसके बेटे दानिश को जख्मी करने वाले, मुख्य आरोपियों में से एक रविन सिसोदिया के शव को तिरंगे से ढंका था। उत्तर प्रदेश, दादरी की लोकसभा में नुमाइंदगी करने वाले केंद्रीय संस्कृति मंत्री महेश शर्मा ने इस हत्या के आरोपी 'सिसोदिया' को श्रद्धांजलि अर्पित की थी। स्वयंभू गौआतंकियों का महिमामंडन गांव के स्तर से संसद तक और यहाँ तक कि केंद्रीय मंत्रिमंडल स्तर तक होता है। यह कोई मामूली मसला नहीं है।

स्वयंभू गौरक्षक अपनी कहानी बताने में कतई संकोच नहीं करते। वे अपनी

तुलना स्वतंत्रता सेनानियों से नहीं करते हैं और ना ही अपनी कार्रवाइयों में तिरंगा ओढ़ लेते हैं। अप्रैल 2017 में इंडिया टुडे के सैयद मसरूर हसन और मोहम्मद हिजबुल्ला ने मुरादाबाद में राष्ट्रीय गौरक्षा दल के प्रवक्ता नगेंद्र कुमार से बात की। अख़लाक की हत्या के बाद कुमार ने उन्हें बताया उनके लोग अच्छी तरह से प्रशिक्षित हैं। 'जब हम निकलते हैं, हमारा एकमात्र उद्देश्य होता है . . . हम अपने उंचाई के बराबर की लाठियां साथ लिए चलते हैं। अगर पशुओं के व्यापारी आप को नहीं बख्शते या विरोध करते हैं तो आप कम से कम उनके पैर तोड़ देते हैं ताकि बाकी बची उम्र वह चल भी न पाएं'। एक बार जब गौरक्षकों का समूह गायों को ले जाने वाले ट्रक पर छापा डालता है, हम ड्राईवरों और बाकी कामगारों को 'घायल कर देते हैं' और ऐसे घायल करते हैं कि 'उनके निशान ऊपर से दिखाई न दें। उन्हें बुरी तरह पीटना चाहिए, लेकिन साथ में यह ध्यान रखना चाहिए कि खून न निकले'। उत्तर प्रदेश के गौरक्षक दल के अध्यक्ष पुष्पेंद्र शर्मा ने बताया, 'हम चोट पहुंचाते है। हम उनकी हड्डियों, स्नायुओं, पैरों को तोड़ देते हैं। हम उनके सिर पर चोट नहीं मारते और उसे दो हिस्सों में नहीं करते हैं'। गाय के ये उद्धारक, हकीकत में हाइवे पर चलने वाले डकैत होते हैं। वे गायों को छीन लेते हैं और वहीं कार्यकर्ताओं के बीच बांट देते हैं'। शर्मा ने बताया कि 'उसी वक्त हम उन्हें बांट देते हैं'।

जुलाई 2016 में, बालू सरवैया और उसके परिवार के कुछ सदस्य गुजरात के उना तालुका के मोटा समधियाला में एक मरी गाय की खाल उतार रहे थे। लोग वहाँ पहुंचे, उन्होंने बालू और उसके परिवार को पीटा, उन्हें उना ले गए, जहाँ उन्हें निर्वस्त्र कर के जनता के बीच पीटा गया। जिन लोगों को पीटा जा रहा था, वह सभी दलित थे। हमलावर गुजरात में उभर आए दो सौ गौरक्षक समूहों में से किसी का हिस्सा थे। उस वक्त गुजरात के मुख्य सचिव जी. आर. ग्लोरिया ने द *हिंदू* के महेश लांगा को बताया था, 'हम ऐसे गिरोहों के खिलाफ सख्त कार्रवाई करने वाले हैं। यह स्वयंभू गौरक्षक वास्तव में गुंडे हैं'। गौरतलब है कि एक वरिष्ठ सरकारी अधिकारी जिनका नाम लांगा की स्टोरी में नहीं है, उन्होंने कहा कि यह गौरक्षक दरअसल 'स्थानीय लंपट तत्व हैं जो कानून के दायरे के बाहर चलने वाले समूहों के रूप में उभरे हैं और दंडमुक्ति की भावना के साथ सक्रिय रहते हैं। वे वाकई में खतरा बने हुए हैं'। लेकिन उनकी प्रतिक्रिया का सबसे असल और खौफनाक हिस्सा अभी बाकी था। इस अनाम

सरकारी अधिकारी ने बताया कि 'स्थानीय पुलिस वाले इन गिरोहों के साथ सांठ-गांठ बना कर रखते हैं क्योंकि वह पुलिस की मुखबिरी का भी काम करते हैं और कई बार पशु व्यापार में लगे लोगों या बूचड़खाना चलाने वालों से पैसे भी वसूलते रहते हैं'। इसी दौरान पंजाब-हरियाणा उच्च अदालत ने मार्च 2016 में हरियाणा के कुरुक्षेत्र में गौरक्षक दल द्वारा पशुओं के एक व्यापारी मुस्तैन के हत्या की सीबीआई जांच के आदेश दिए। अदालत के शब्द थे, 'एक कथित गौरक्षक समूह जिसे राजनीतिक आकाओं और राज्य के वरिष्ठ अधिकारियों की शह पर बनाया गया है, वह कानून का उल्लंघन करने पर आमादा और गरीबों का दोहन करने को तैयार है, जो इन पशुओं को ढो रहे हैं। चाहे वह निजी इस्तेमाल के लिए हों या अन्य किसी काम के लिए . . .'। ऐसा लगता है कि पुलिस के वरिष्ठ अधिकारी भी ऐसे स्वयंभू समूहों के साथ मिले रहते हैं।

इसका कोई स्पष्टीकरण केंद्र सरकार की तरफ से नहीं दिया गया। 2017 में पहलू खान की मौत के बाद केंद्रीय मंत्री मुख्तार अब्बास नकवी ने कहा 'विपक्ष जिस घटना का जिक्र कर रहा है, ऐसी कोई घटना नहीं हुई। हम लोग न्यायविरोधी को समर्थन नहीं देते हैं। ऐसा कोई संदेश नहीं जाना चाहिए कि हम गौहत्या का समर्थन करते हैं।' विचित्र बात यह थी कि राजस्थान की पुलिस ने इस पूरे घटनाक्रम के बाद जो प्रथम सूचना रिपोर्ट दर्ज की वह हत्यारों के खिलाफ नहीं बल्कि मारे गए पहलू खान और उनके बेटे आरिफ और इरफान के खिलाफ थी। उन पर यह आरोप लगाया गया कि वे गाय की तस्करी करते थे या गाय को मारना चाहते थे जबकि सारे सबूत यही बता रहे थे कि वह महज पशुओं के व्यापारी हैं।

भाजपा हुकूमत की आंखों में, राज्य की प्रणाली का महत्व इस बात में है कि वह गौआतंकियों को दंड से छूट दे और साधारण लोगों को आतंकित रखे। दूसरा कोई भी स्पष्टीकरण मुमकिन नहीं है।

IV

भारत में गायें कैसे मरती हैं?

मुख्य हत्यारी तो रेलवे है। उत्तर-मध्य रेलवे ने अगस्त 2018 में नोट किया था

कि अप्रैल माह से तब तक 1,300 गायों ने रेल की पटरी पर दम तोड़ा। अगर हम अप्रैल-अगस्त 2017 के आंकड़ों को देखें तो ऐसी मौतों में 271 फीसदी बढ़ोत्तरी देखी गई थी। 2015-16 के वित्तीय वर्ष के दरमियान, भारतीय रेलों ने ट्रेन से मरने वाले पशुओं की संख्या महज 2,183 रिकॉर्ड की। मगर, मार्च 2018 में वित्तीय वर्ष के आखिर में यह संख्या 10,105 तक पहुंची जो पिछले आंकड़ों में 362 फीसदी की बढ़ोत्तरी थी। यह संख्या चकित करनेवाली है। पंजाब के 'प्रोग्रेसिव डेयरी फार्मर्स एसोसिएशन' के अध्यक्ष, दलजीत सिंह ने इंडियन एक्सप्रेस के अविशेक दस्तीदार को बताया, 'रेल पटरियों और सड़कों पर दुर्घटनाओं के चलते मरने वाली गायों की संख्या बढ़ गई है लेकिन अधिकतर ऐसी गायें हैं जो दूध देना बंद करने के बाद आवारा घूमती हैं। वे अधिकतर देसी नस्ल की गायें हैं। और आनेवाले सालों में यह समस्या बढ़ती ही जाएगी। क्या यह गौहत्या नहीं है'? यहाँ सिंह जिन गायों का संदर्भ दे रहे हैं व अन्य समयों में मांस के लिए मारी जातीं क्योंकि वह दूध नहीं देती थीं। गौहत्या पर पाबंदी के बाद, रेल की पटरी पर मरने वाली गायों की संख्या बढ़ती ही जाएगी। यही वजह थी कि रेल मंत्रालय को 'ध्यान देना पड़ा'। 2018 में कुमार केतकर ने लिखा, 'आश्चर्य की बात है कि दो राज्य – मध्यप्रदेश और उत्तर प्रदेश – इस फेहरिस्त में सबसे आगे है। जहाँ गाय के प्यार के नाम पर मारे जाने वाले लोगों की संख्या सबसे अधिक है और जहाँ तक रेल की पटरी पर मरने वाली गायों की संख्या का सवाल है, स्थूल रूप में लगभग पूरे मुल्क में रेल की पटरी पर मरने वाली गायों का एक तिहाई इन्हीं दो राज्यों से आता है'। वह पूछते हैं, आखिर कहां हैं गौरक्षक?

आवारा गायों की संख्या में दिखाई दे रही अचानक वृद्धि सीधे तौर पर गाय की हत्या पर पाबंदी और गाय को पालने में मालिकों की अक्षमता से जुड़ी है। गाय की हत्या पर लगी पाबंदी, रेल से कुचल कर होने वाली उनकी हत्या में परिणत होती है। गाय के लिए एक दिन के घास का खर्चा नब्बे से सौ रुपए तक आता है। एक किसान के लिए यह भारी रकम है, जिसे वह महज दूध की बिक्री से पूरा नहीं कर सकता। पहले, जब पशुवध को लेकर इतने सख्त प्रावधान नहीं थे तब किसान दूध देना बंद कर चुकी गाय को पांच से दस हजार रुपए में बेच सकता था। आज यह मुमकिन नहीं है।

आवारा पशुओं की समस्या का मसला न केवल विपक्ष की आलोचना के केंद्र में

आया बल्कि भाजपा की अपनी कतारों से भी उठा। 2017 में मध्यप्रदेश विधानसभा में, चांदला के विधायक आर. के. प्रजापति ने कहा कि उनके मतदाता संघ में करीब 20,000 आवारा गायें हैं। चांदला कोई अपवाद नहीं है। यह कहा जाता है कि मध्यप्रदेश के 51 जिलों में से 35 से 40 जिले आवारा पशुओं से ग्रस्त हैं। गौभक्त आए दिन नारे लगाते रहते हैं 'गाय हमारी माता है', प्रजापति कहते हैं, जब मैं उनसे पूछता हूं कि 'कभी तुमने गाय को पाला है', वह कहते हैं कि 'गाय नहीं भैंस हमारी माता है'। प्रजापति ने यह भी जोड़ा, 'भले ही मेरे मतदाता संघ में कोई विकास न हो लेकिन इन आवारा गायों की समस्या का प्रबंधन करो'। 2018 के विधानसभा के चुनावों में प्रजापति की सीट तो बच गई अलबत्ता मध्यप्रदेश सरकार से भाजपा बाहर हो गई। आवारा गायें ही वहाँ समस्या बनीं।

अगर आवारा गायों की तादाद का आकलन करें तो पचास लाख की संख्या का अनुमान मिलता है। इनमें से कुछ गायें रेलवे की पटरियों पर मरती हैं, कुछ कार दुर्घटनाओं में मारी जाती हैं, कुछ गौरक्षा आंदोलन के तहत निर्मित गौशालाओं में ही दम तोड़ देती हैं। दिल्ली की गौशालाओं की स्थिति भारत की स्थिति का परिचायक है : प्रतिदिन लगभग बीस गायें यहाँ दम तोड़ती हैं। ऐसी गौशालाओं में लगभग 17,000 गायें हैं। आमतौर पर भुखमरी, निर्जलीकरण और उपेक्षा यहाँ गायों की मौत के कारण हैं। कानपुर के गौशालाओं के बारे में कहा जाता है कि वह बेहतर ढंग से संचालित होती हैं, वहाँ 2017 में पांच महीने के अंतराल पर एक चौथाई गायें मर गईं। हैदर नकवी ने हिंदुस्तान टाईम्स में इस बात को रेखांकित किया कि कानपुर की गौशाला में 540 गायें थीं, जिनमें से 152 मर गईं। गौशाला को संचालित करनेवाली संस्था गरीब नहीं है। उसके पास 220 करोड़ रुपए से भी अधिक की संपत्ति है। बाबा तिवारी, जो गौशाला की देखरेख करते हैं, उन्होंने नकवी को बताया कि गायों को अपर्याप्त घास-चारा दिया गया जबकि बैंक में पैसे पड़े हैं और पशु भोजन बाजार में उपलब्ध है। एक गाय को औसतन 8 किलोग्राम सूखी घास और 15 किलोग्राम चारा रोज देना पड़ता है। गौशाला के देखभाल करनेवालों ने नकवी को यही बताया कि गायों को हर रोज महज 1 किलोग्राम सूखी घास और 2 किलोग्राम चारा दिया जाता है। जयपुर की गौशाला, जिसे एशिया में सबसे बेहतर कहा जाता है, वहाँ 2017 के ग्यारह महीनों के

भीतर 11,000 गायों की मौत हुई है यानी हर दो घंटों में तीन गायों की मौत।

यूथ की आवाज में वरुण मुतुरकर ने गौरक्षक को लेकर भाजपा-आरएसएस की लफ्फाजी का खुलासा किया। उन्होंने भारत के विभिन्न भागों में स्थित पांच गौशालाओं पर गौर किया और बताया कि नेतागण वैसे तो 'गौरक्षा के नाम पर मारने और मरने के लिए तैयार रहते हैं,' लेकिन जब गौशालाओं में सैकड़ों-हजारों की तादाद में गायें मरती हैं तब वह गायों की तरफ से अपना मुंह फेर लेते हैं।

1. **जालौर गौशाला** : जुलाई 2017 में राजस्थान के जालौर में लगातार हो रही बारिश के चलते बगल का बांध टूटने से 700 गायें मर गईं। बरसात के चलते गायें अपने स्थान से उठ नहीं पाईं, उन्हें बाकायदा उठा कर ले जाना पड़ा और उनका इलाज करना पड़ा। उनका चारा बाढ़ में बह गया था, पर्याप्त चारे के अभाव में तमाम गायें भुखमरी और कमजोरी से मरीं। 700 गायों की मौत के अलावा लगभग 3300 गायें और बछड़ें जख्मी भी हुए। राज्य में कई गौशालाओं का संचालन करने वाले पाथमेडा ट्रस्ट ने आरोप लगाया कि सरकार ने कोई मदद नहीं की। विडंबना यह थी कि उन दिनों राज्य में भाजपा का शासन था और गौकल्याण के लिए उसने बाकायदा मंत्रालय खोल रखा था।
2. **हिंगोनिया गौशाला** : जालौर में गायों की मौत को आप एक प्राकृतिक परिघटना के अपर्याप्त प्रतिक्रिया के नतीजे के तौर पर देख सकते हैं मगर इन मौतों के एक साल पहले, राजस्थान में और बुरा हाल था। जयपुर के हिंगोनिया गौशाला में अगस्त माह में दस दिनों के अंदर 500 गायें मर गईं, यहाँ हर माह औसतन 1000 गायें मरती हैं। एशिया के 'सर्वोत्तम' कहे जाने वाले गौशाले में गायों की मौत के आंकड़ें उस साल वाकई बहुत खराब थे। राज्य सरकार ने बताया कि 2016 के जनवरी और जुलाई के दरमियान 8,122 गायें मर गईं। राज्य सरकार द्वारा जारी आंकड़ों के मुताबिक ही यह मृत्युदर 2012 के 7.09 फीसदी से बढ़कर (कांग्रेस सरकार) जुलाई 2016 में 11.31 फीसदी (भाजपा सरकार) पहुंच गई थी। इस गौशाला

की मौतें अधिक प्रणालीगत लगती हैं। 'बीमार गाय को ठीक करने वाले खाद्य पदार्थों जैसे हरी घास, खनिज तत्व और विटामिंस की यहाँ गंभीर कमी दिखती है। यहाँ महज उन्हें सूखा चारा दिया जाता है ताकि वह जीवित रहें', 2015 में *टाईम्स ऑफ़ इंडिया* के एक प्रतिनिधि को ये जानकारी स्थानीय सूत्रों ने दी थी। इसके अलावा, हिंगोनिया गौशाला द्वारा जारी आंकड़ों के मुताबिक जयपुर में गौशाला के अंदर और बाहर हर दिन 90 गायें मरती हैं। जयपुर म्युनिसिपल कॉर्पोरेशन द्वारा संचालित गौशाला में औसतन 40 गायें रोज मरा करती थीं। हिंगोनिया से अधिक दूर नहीं, पास के अलवर में ही गायों की स्मगलिंग का आरोप लगाकर स्वयंभू गौरक्षकों ने 2017 में पहलू खान को मार डाला था।

3. **शगुन गौशाला** : भाजपा शासित राज्य छत्तीसगढ़ के दुर्ग के शगुन गौशाला में 2017 के अगस्त में, हर सप्ताह 200 गायों के मरने की खबर आई। गौशाला का संचालन स्थानीय भाजपा नेता हरीश वर्मा करते हैं, जो उन दिनों जामुल नगर पंचायत के उपाध्यक्ष भी थे। इंडियन एक्सप्रेस की रिपोर्ट के मुताबिक, वहाँ करीब ही वर्मा द्वारा संचालित दो अन्य गौशालाओं की भी वही हालत थी। गायें उचित देखभाल के अभाव में मरती रहीं। राज्य के पशु विभाग के अधिकारियों के मुताबिक गायों की मौत चारा और पानी की कमी से हुई है। क्या ऐसी स्थिति किसी एक खराब राजनेता की कही जा सकती है, शायद नहीं। हो तो भी बात समझी जा सकती है। नवंबर 2014 में छत्तीसगढ़ के गौसेवा आयोग ने 27 गौशालाओं को नियमों का उल्लंघन करते पाया था, जिसमें शगुन गौशाला भी थी। इनमें यह आरोप लगाया गया था कि यह गौशालाएं सरकारी फंड का कुप्रबंधन करती हैं। इसके बावजूद 2015-16 के बाद से छत्तीसगढ़ गौसेवा आयोग द्वारा वितरित फंड का 30 फीसदी हिस्सा ऐसी ही 25 और गौशालाओं को दिया गया।

4. **कानपुर गौशाला** : पिछले साल पांच महीनों के अंतराल पर योगी सरकार की देख-रेख में देश की सबसे संपन्न गौशाला कही जानेवाली गौशाला की 28 फीसदी गायें मर गईं। योगी आदित्यनाथ के बारे में यह भी कहा जाता

है कि वह अपने गृहनगर गोरखपुर में भी गायों की देखभाल करते हैं, मगर ऐसा प्रतीत होता है कि वह और उनके सहयोगी उप-मुख्यमंत्रीगण इस कदर व्यस्त थे कि वह कानपुर गौशाला को दिए गए फंड की जांच तक नहीं कर सके। गायों की मौत मुख्यतः भोजन की कमी से हुई क्योंकि उन्हें अपर्याप्त चारा दिया जाता रहा। शायद इसे दूसरा चारा घोटाला कहा जा सकता है। केंद्रीय मंत्री मनेका गांधी, पीलीभीत जिले के एक गौशाला की संरक्षक हैं। *इंडिया टुडे* में प्रकाशित एक रिपोर्ट के मुताबिक, यह गौशाला और सहारनपुर की गौशाला, दोनों चारे और स्थान की कमी से जूझ रही हैं। पीलीभीत गौशाला के देखभाल करने वाले ने *इंडिया टुडे* को बताया, *पहले हम किसानों को स्वस्थ्य गायें और बैल बेचते थे और मिलने वाला पैसा गौशाला के संचालन में इस्तेमाल होता था लेकिन अब नई भाजपा सरकार के तहत, किसान यहाँ आने से डरते हैं'*।

5. **हरियाणा की गौशालाएं** : भाजपा के उम्मीदवार और हरियाणा के मुख्यमंत्री मनोहर लाल खट्टर ने पहले कहा है कि मुसलमान इस मुल्क में रह सकते हैं मगर वह बीफ़ नहीं खा सकते हैं। हालांकि वह भी गायों की रक्षा के प्रति गंभीर नहीं दिखते। *इंडिया टीवी* की एक रिपोर्ट के मुताबिक लगभग 2,000 गायें सरकार द्वारा संचालित गौशाला में तमाम दिक्कतों से जूझ रही हैं क्योंकि गौशाला आर्द्रभूमि पर बनी हुई है। कुरुक्षेत्र की एक अन्य गौशाला 'श्रीकृष्ण गौशाला' में कुप्रबंधन के चलते 25 गायें मर गईं।

चलती ट्रेन के नीचे आकर कटती गायों की संख्या में आती तेजी, गौशाला में भुखमरी और देखभाल न होने के चलते सैकड़ों गायों की मौत, यही एकमात्र वजह नहीं है जिसके कारण इतनी गायों की मौत होती है।

प्लास्टिक का एक सबसे आम प्रकार पॉलिथीन, गायों का असली हत्यारा, कहा जा सकता है। जून 2017 में *टाईम्स ऑफ़ इंडिया* ने एक रिपोर्ट दी कि लखनऊ में हर साल 1000 गायें मरती हैं क्योंकि वह प्लास्टिक खाती हैं। इनमें से अधिकतर मौतों का कारण बहुअवयव असफलता अथवा मल्टीपल आर्गन फेल्यर होता है और मरी

गायों के पेट से 50-55 किलोग्राम पॉलिथीन बरामद होता है। गायें बेहद दर्दनाक मौत मरती हैं। प्लास्टिक गाय की प्रतिरोधक प्रणाली को प्रभावित करता है। कान्हा उपवन के वरिष्ठ पशु चिकित्सा अधिकारी जयप्रकाश बताते हैं, 'अगर तुरंत चिकित्सकीय सहायता नहीं मिली तो गाय के पिछले पैरों को लकवा मारता है, प्रथम अमाशय, रूमेन का कार्य धीमा हो जाता है और पॉलिथीन में मौजूद टॉक्सिन्स के चलते रक्त प्रवाह प्रभावित हो जाता है'। लखनऊ के मुख्य पशु चिकित्सा अधिकारी तेज सिंह यादव ने *टाईम्स ऑफ़ इंडिया* को बताया कि 'गायों के अमाशय से पत्थर बने पॉलिथीन के गुच्छों का निकाला जाता है'। यह लखनऊ में होता है।

सामाजिक कार्यकर्ता क्लेमेनटिन पाउस और रुक्मिणी शेखर के मुताबिक पूरे भारत में, गायों का सबसे बड़ा हत्यारा प्लास्टिक है। पशु अधिकार कार्यकर्ता रुक्मिणी और गायों के कल्याण के लिए एक सोसायटी का संचालन करने वाली क्लेमेनटिन, दोनों ने सर्वोच्च न्यायालय में एक याचिका दायर की है कि प्लास्टिक बैग के इस्तेमाल पर रोक लगा दी जाए क्योंकि वह पशुओं के जीवन को बुरी तरह प्रभावित करता है। उनकी 34 मिनट की डॉक्यूमेंट्री, *प्लास्टिक काउ* (यू टयूब पर उपलब्ध है) यही बताती है कि गायों को बचाने के लिए दो चीजें जरूरी है : कूड़े के निपटारे के लिए प्लास्टिक का प्रयोग बंद करो और रोजमर्रा के कूड़ा-करकट को सार्वजनिक तौर से फेंकने पर रोक लगाओ।

1990 के दशक में, दिल्ली के तत्कालीन मुख्यमंत्री, भाजपा के साहिब सिंह वर्मा ने कहा, 'मुल्क की राजधानी में प्लास्टिक का उपभोग गायों की मौत का प्रमुख कारण दिखता है'। उनके इस कथन पर राष्ट्रीय स्वयंसेवक संघ और उसके गौरक्षकों की क्या प्रतिक्रिया रही या अब वे इस मसले पर क्या सोचते हैं, इसकी जानकारी नहीं है। दरअसल उनके लिए मसले के वास्तविक तथ्यों से रूबरू होने के बजाए अल्पसंख्यकों को इसके लिए जिम्मेदार ठहराना आसान है। केंद्रीय प्रदूषण नियंत्रण बोर्ड के मुताबिक, भारत हर दिन 15,342 टन प्लास्टिक कचरा तैयार करता है, जिनमें से लगभग 9,205 टन कचरे को रिसाइकिल किया जाता है। बचता है, 6,137 टन या 40 फीसदी, जो सड़कों पर इधर-उधर उड़ने के लिए स्वतंत्र है। गायें यही खाती हैं और खाकर मरती हैं।

मार्च 2016 में केंद्र सरकार ने प्लास्टिक कचरे के प्रबंधन के नियम बनाए। अप्रैल 2018 में उनमें संशोधन किया गया या हम कह सकते हैं कि उन्हें कमजोर किया गया। यह महज दो माह पहले की बात है जब भारत ने विश्व पर्यावरण दिवस को लेकर कार्यक्रम किया जिसका विषयवस्तु था 'बीट प्लास्टिक पल्यूशन' अर्थात प्लास्टिक प्रदूषण को समाप्त करो। पहले अगर व्यापारी प्लास्टिक की थैली, कैरी बैग वगैरह देते थे तो उन्हें हर साल 48,000 रुपए न्यूनतम फीस देनी पड़ती थी। इसे अब संशोधित किया गया। प्लास्टिक के कचरे को कम करने वाले महत्वपूर्ण उपकरण को सरकार ने छोड़ दिया। प्लास्टिक उद्योग, निश्चित ही सरकार के इस ढीले-ढाले रवैये की सहायता कर रहा है। 2016 में बने नियमों के तहत दो साल के अंतराल पर 'नॉन-रिसाइक्लेबल मल्टीलेयर्ड प्लास्टिक' को धीरे-धीरे हटा दिया जाता। 27 मार्च 2018 में हुए संशोधन में कहा गया कि सरकार उसी 'नॉन-रिसाइक्लेबल या नॉन-एनर्जी रिकवरेबल मल्टीलेयर्ड प्लास्टिक' को हटाएगी जिसका कोई वैकल्पिक उपयोग नहीं है। इस प्रावधान ने बचने का एक रास्ता प्रदान किया क्योंकि पैकेजिंग सामग्री को अगर सीधे रिसाइकल नहीं किया गया तो उसे किसी अन्य इस्तेमाल में लाया जा सकता है। प्लास्टिक निर्माताओं ने इस सामग्री के इस्तेमाल को जारी रखने के लिए बचाव का इसी रास्ते का प्रयोग किया। और चीजें बदस्तूर जारी रहीं।

इस बात का रिकॉर्ड रखना जरूरी है कि उना, जहाँ दलितों पर बेहद आक्रामक हमला हुआ था और उसका प्रतिरोध भी जबर्दस्त था, सुरेंद्र नगर के कलेक्टर के दफ्तर में दलित कार्यकर्ता यह बताने के लिए पहुंचे कि सरकार और गौप्रेमियों को यह बताया जाए कि 'बूचड़खानों की तुलना में ज्यादातर गायें चारा और पानी की कमी तथा प्लास्टिक के सेवन से मरती हैं'। उनकी चेतावनी को अनसुना कर दिया गया।

2015 में जयपुर में एक प्रदर्शनी का आयोजन हुआ जिसका शीर्षक था *बोवाइन डिवाइन*। सिद्धार्थ करारवाल नामक आर्टिस्ट ने स्टाईरोफ़ोम से बनी 4 पाउंड की एक गाय तैयार की और उसे एक बड़े गुब्बारे के साथ हवा में लटका दिया। करारवाल के मुताबिक इस प्रस्तुति का मतलब, प्लास्टिक खाकर मरने वाली गायों के बारे में जागरुकता पैदा करना था। पुलिस वहाँ पहुंची और उसने कहा कि इस प्रस्तुति को वहाँ से हटाना पड़ेगा क्योंकि इससे लोगों की भावनाएं आहत हो रही हैं। एक रहस्यमयी

संगठन के नुमाइंदे जवाहर कला केंद्र पहुंचे और जहाँ प्रदर्शनी का आयोजन हो रहा था, वहाँ से उन्होंने गाय की प्रस्तुति को अपने कब्जे में कर लिया। उस प्रस्तुति का आयोजन करने वाले विदा सागर ने बताया कि फिर इन अज्ञात लोगों ने 'गाय की पूजा की और उसे हार पहनाया'। यह थी स्टाईरोफ़ोम काउ।

V

2014 के चुनावों के लिए जब नरेंद्र मोदी ने जिम्मा संभाला, उन्होंने बिहार में एक जनसभा को संबोधित किया। 'यह मुल्क हरित क्रांति चाहता है लेकिन जो केंद्र में सत्तासीन है वह पिंक रेवोल्यूशन अर्थात गुलाबी क्रांति चाहते हैं'। उनका यह मुहावरा थोड़ा विचित्र था। गुलाबी क्रांति किसे कहते हैं? मोदी ने स्पष्ट किया, 'जब जानवरों की हत्या होती है, तब उनके मांस का रंग गुलाबी होता है'। उनका कहना था कि सरकार बूचड़खानों को सब्सिडी दे रही है और वह मांस के निर्यात के मुनाफे में अधिक रूचि रखती है। उनके मुताबिक दिल्ली में बैठी सरकार 'उस व्यक्ति को सब्सिडी देने को तैयार नहीं है जो गाय पालता है लेकिन अगर कोई व्यक्ति बूचड़खाना बनाना चाहता है तो उसे सहायता मिल जाती है'। एक अन्य स्थान पर उन्होंने कहा, 'यह देख कर मुझे दुख होता है कि कांग्रेस की अगुआई वाली मौजूदा हुकूमत गायों के वध को बढ़ावा दे रही है और गुलाबी क्रांति लाने के लिए बीफ़ निर्यात को बढ़ावा दे रही है'। मोदी की सहयोगी मनेका गांधी ने कहा कि गैरकानूनी बूचड़खानों और जानवरों के निर्यात से मिलने वाली राशि से आतंकी संगठनों की सहायता हो रही है।

यह जैसा था, वैसे चल रहा था। एक बार जब भाजपा सरकार ने सत्ता संभाली तो मांस का निर्यात तेजी से *बढ़ने* लगा। 2014 के अप्रैल और नवंबर के बीच भारत ने लगभग 3.3 बिलियन का मीट निर्यात किया। यह तब हुआ जब भाजपा सत्ता में थी। इसके पिछले साल, जब भाजपा सत्ता में नहीं थी तब मीट की बिक्री 2.8 बिलियन डॉलर तक ही सीमित रही थी। चूंकि भारत से गोमांस के निर्यात पर पाबंदी लगी है, जिस मांस का निर्यात किया गया उसका बहुलांश (97 फीसदी) भैंसे का मांस ही था। किसी भी भाजपा नेता ने इस बढ़ोत्तरी पर मुंह नहीं खोला। दूसरी तरफ कांग्रेस नेता

मनीष तिवारी ने कहा, 'जब विपक्ष में थे तो प्रधानमंत्री अक्सर कथित गुलाबी क्रांति की निंदा करने में आगे रहते थे और आज जब वह खुद सरकार में हैं तब उसके बढ़ावे में लगे हैं जैसा कि निर्यात के आंकड़े बताते हैं'।

फ़ूड ऐंड एग्रिकल्चर ऑर्गेनायजेशन (एफएओ) और ऑर्गेनायजेशन फ़ॉर इकॉनमिक कोऑपरेशन (ओईसीडी) द्वारा पेश आंकड़ों के मुताबिक बीफ़ निर्यातक देशों में भारत तीसरे नंबर पर है। ब्राजील और ऑस्ट्रेलिया के बाद इसका ही नंबर आता है। इस स्थिति को बनाए रखने के लिए, भाजपा सरकार नए बूचड़खाने खोलने और पुरानों का नवीनीकरण करने के लिए 15 करोड़ रुपए तक का अनुदान देती है। 2014 से 2017 के दरमियान इस मद पर खर्च कुल राशि 68 करोड़ रुपए तक पहुंच गई है, जिसका बहुलांश भाजपा शासित राज्यों को मिला है।

VI

1966 में भाजपा नेता के आर. मलकानी ने कहा कि स्वाभाविक रूप से मरी गाय का मांस खाया जा सकता है। मलकानी के इस दृष्टिकोण की तुलना आज की हालत से करके देखें तो काफी फिसलन दिखाई देती है। लेकिन क्या वाकई चीजें बदली हैं या पाखंड का ही बोलबाला रहा है? 2015 में राष्ट्रीय स्वयंसेवक संघ के नेता मनमोहन वैद्य अरुणाचल प्रदेश गए। इटानगर के एक प्रेस कॉन्फ्रेंस में, संघ के इस प्रचार प्रमुख ने बीफ़ के बारे में बहुत कुछ कहा। उनका कहना था कि अरुणाचल प्रदेश के लोग बीफ़ खाते हैं। 'हम समाज को नहीं बताते कि क्या खाएं या न खाएं'। उन्होंने आगे जोड़ा कि वे लोग जो बीफ़ खाते हैं, वह संघ से जुड़ सकते हैं। अरुणाचल प्रदेश में राष्ट्रीय स्वयंसेवक संघ के तीन हजार सदस्य थे, जिनमें से कई बीफ़ खाते हैं।

यह एक विचित्र प्रेस सम्मेलन था। एक ऐसे संगठन के लिए जो गौरक्षक की बात करता आया है, यह कहना कि वह निर्धारित नहीं करता कि लोगों को क्या खाना है। लेकिन वैद्य के यह विचार संघ के दूसरे सुप्रीमो गोलवलकर से अलग नहीं थे। गोलवलकर ने विश्व हिंदू परिषद के एक सम्मेलन को संबोधित करते हुए (गुवाहाटी, असम, 1967) यह भी कहा था कि आदिवासियों का बड़ा हिस्सा भले ही हिंदू हो, वह

बीफ़ खाता है। उन्होंने यह भी कहा था कि हिंदू हृदयभूमि यानी हार्टलैंड से उनकी दूरी और आर्थिक जरूरत के चलते उन्होंने बीफ़ खाना शुरू किया। गोलवलकर ने इस बात पर जोर नहीं दिया कि वह बीफ़ खाना छोड़ दें।

उत्तरपूर्व के कई राज्यों जैसे मेघालय, मिजोरम और नागालैंड जहाँ ईसाई बहुमत में हैं, राष्ट्रीय स्वयंसेवक संघ बीफ़ सेवन के मामले में लचीला रहता है। गंगा के इलाके में जिस तरह भाजपा ने बीफ़ के मुद्दे को उठाया है, अगर उसी तीव्रता से वह इस मुद्दे को उत्तरपूर्व में भी उठाती तो अरुणाचल प्रदेश, असम, मणिपुर और त्रिपुरा में उसे सत्ता में बने रहना मुश्किल होता और मेघालय तथा नागालैंड में वह सत्ता में साझेदारी भी नहीं कर पाती। 'उत्तर पूर्व के राज्यों में गौहत्या पर पाबंदी को लागू नहीं किया जाएगा', भाजपा ने यह दावा किया था जब वहाँ चुनाव होने जा रहे थे, जिसके चलते ऑल इंडिया मजलिस-ए-इत्तेहादुल-मुसलिमीन के असदुद्दीन ओवैसी को यह कहने का मौका मिला था कि 'बीजेपी का पाखंड यह है कि उत्तर प्रदेश में गाय मम्मी (माता) है और उत्तरपूर्व में यम्मी (मजेदार) है।

VII

2017 में जवाहरलाल नेहरू विश्वविद्याल के प्रोफेसर विकास रावल ने गौसंरक्षण कानूनों के चलते भारत के सामने खड़ी चुनौती की चर्चा की थी। 'ऑन द इकॉनमिक इम्प्लिकेशंस ऑफ़ द रेस्ट्रिकशंस ऑन काउ स्लॉटर' शीर्षक अपने एक अध्ययन में उन्होंने बताया था कि मुल्क में अनुत्पादक मवेशियों की तादाद बढ़ गई है। भारत में आज की तारीख में 27 करोड़ अनुत्पादक मवेशी हैं। इनकी देखभाल के लिए हर साल 5.40 लाख करोड़ रुपयों की जरूरत होगी। यह बजट भारत के रक्षा बजट का पांच गुना है। इनके देखभाल के लिए पांच लाख एकड़ जमीन की जरूरत होगी। समूचे भारतीय जितने पानी का इस्तेमाल करते हैं, उससे अधिक पानी का इस्तेमाल यह जानवर करेंगे। अनुत्पादक मवेशियों की बढ़ती तादाद का प्रभाव विचलित करनेवाला है। रावल का कहना है कि भारत में पूरी दुनिया के एक तिहाई अविकसित (स्टंण्टेड) बच्चे मिलते हैं। अविकसित रहने का कारण भोजन में प्रोटीन की कम मात्रा है। अगर

यह बच्चे जानवरों के उत्पाद का अधिक सेवन करते तो अधिक स्वस्थ्य होते। इसमें दूध भी शामिल है। अगर मवेशियों के पालन को लेकर किसान को प्रोत्साहन नहीं मिला तो दूध का उत्पादन घटता ही जाएगा। इसका नतीजा यह होगा कि भारत को दूध का आयात करना पड़ेगा। पहले से कमजोर कृषि प्रणाली पर इसका प्रलयकारी असर पड़ेगा।

राष्ट्रीय स्वयंसेवक संघ-भाजपा को स्वयंभू गौरक्षकों की कार्रवाइयों और गौरक्षक आंदोलन से राजनीतिक फायदा मिलता है, लेकिन भारत के लिए उसके निहितार्थ काफी भयानक हैं। जो मारे जाते हैं उनके लिए खौफनाक हैं और अर्थव्यवस्था के लिए बेहद कठोर। लेकिन इन लोगों को इसकी कोई परवाह नहीं है। वे गायों के लिए एम्ब्युलेंस सेवा शुरू करने में मस्त हैं जबकि उन इलाकों में इंसानों के लिए ऐसी सेवाएं उपलब्ध नहीं हैं। आम लोगों की सहायता की तुलना में गायों की देख-रेख में अधिक पैसे खर्च किए जाते रहेंगे।

उत्तर प्रदेश के बुलंदशहर में ऐसी ही एक उन्मादी भीड़ ने सुबोध कुमार सिंह नामक पुलिस अफसर और दूसरे एक व्यक्ति की हत्या की। आरोप हैं कि इन गौआतंकियों की अगुआई बजरंग दल के योगेश राज ने की थी। वह गायब हो गया। योगी आदित्यनाथ की सरकार ने खेत में पाए गए गायों के उन शवों, जिनकी मौत की अभी जांच भी नहीं हुई थी, पर दुख प्रकट प्रकट किया जबकि एक पुलिस अधिकारी तथा और एक दूसरे व्यक्ति के मारे जाने पर एक शब्द भी नहीं कहा। जब इस आचरण का विरोध हुआ तब सरकार की तरफ से इन व्यक्तियों के मारे जाने पर थोड़ा कहा गया। यह कोई नई बात नहीं है। अक्तूबर 2002 में हरियाणा, झज्जर के दुलीना में ऐसी ही एक उन्मादी भीड़ ने मरी हुई गायों को ढो कर ले जा रहे पांच दलितों को पुलिस स्टेशन के सामने पीट कर मार डाला। पुलिस ने इन मरी गायों को परीक्षण के लिए भेज दिया और मारे गए इन पांच दलितों के खिलाफ गौहत्या का मुकदमा दर्ज किया। इस घटना को लेकर विश्व हिंदू परिषद के गिरिराज किशोर ने संघ-भाजपा का वही स्थापित और पुरातन चिंतन पेश किया '*पुराणों* में गाय को मनुष्य से भी अधिक पवित्र समझा गया है'।

चार

जाति उत्पीड़न पर मौन

हिंदू सामाजिक व्यवस्था एक ऐसे श्रम विभाजन पर टिकी है जो हिंदुओं के लिए साफ और सम्मानजनक काम पेश करती है जबकि अछूतों के लिए गंदे और अपमानित करने वाले काम निर्धारित करती है और इस तरह हिंदुओं को प्रतिष्ठित करती है और अछूतों पर कलंक ढाती है।

– डॉ. बी. आर. आंबेडकर

'गायें मनुष्य से अधिक पवित्र होती हैं'। विश्व हिंदू परिषद के गिरिराज किशोर ने यह बात कही थी। किशोर ने जो कहा वह बहुत अनोखा नहीं था। जब जाति और दलितों का प्रश्न उपस्थित होता है तो ऐसी बातें संघ परिवार में आम होती हैं। राष्ट्रीय स्वयंसेवक संघ का पुराना नेतृत्व यही चाहता था कि *मनुस्मृति* भारतीय संविधान की जगह ले। वे यही चाहते थे कि जाति सोपानक्रम अतिपवित्र बना रहे। सत्तर साल बाद भी जाति पदक्रम की बात आने पर संघ-भाजपा का नजरिया उसी किस्म का मध्ययुगीन दिखता है। यहाँ संघ-भाजपा ने इस बात के लिए संघर्ष किया है कि एक तरफ जहाँ सभी हिंदुओं को एकत्रित किया जाए, वहीं दूसरी तरफ ऊंच-नीच के अनुक्रम पर टिकी इस सोपानिकी अर्थात जाति को चुनौती देने से इंकार किया है। हालांकि उसने इस अंतर्विरोध से विभिन्न घिसे-पिटे तरीकों से निपटने की कोशिश की है।

सबसे पहले, उसने झूठे तरीके से जाति की विरासत के लिए मुगलों और अंग्रेजों

को जिम्मेदार ठहराया है। दूसरे, उसने इस बात को प्रसारित किया है कि धार्मिक अल्पसंख्यक – खासकर मुसलमान – एक खतरा हैं और इसीलिए हिंदू एकता कायम करना जरूरी है। तीसरे, जाति सोपानिकी को कमजोर करने की किसी भी कोशिश के बिना उसने जाति सोपानक्रम के आधार से निपटने का नाटक किया है।

जाति से निपटने की सबसे हालिया कोशिश अक्तूबर 2014 में मोदी सरकार द्वारा शुरू किए गए स्वच्छ भारत अभियान या क्लीन इंडिया मिशन के रूप में सामने आई है। इस मिशन के पांच मकसद हैं :

1. हाथ से मल उठाने की प्रक्रिया को समूल नष्ट करना।
2. घरों और समुदायों के लिए शौचालय का निर्माण करके खुले में शौच को समाप्त करना।
3. ठोस अपशिष्ट प्रबंधन के आधुनिक और वैज्ञानिक तरीकों को लागू करना।
4. सैनिटेशन में निजी सहभागिता को संभव बनाना।
5. सैनिटेशन के प्रति लोगों के रुख में तब्दीली लाना और जागरुकता पैदा करना।

यह लक्ष्य अपने आप में बहुत अच्छे हैं। भाजपा की नीति के संदर्भ में देखें तो यह केवल एक झांसेबाजी है।

I

सैनिटेशन के मसले को उठानेवाली भाजपा सरकार पहली नहीं है। इसके पहले की सरकार ने भी निर्मल भारत अभियान नाम से स्वच्छ भारत की योजना बनाई थी, जिसे पहले टोटल सैनिटेशन कैंपेन के नाम से जाना जाता था। लेकिन इस बार, भाजपा के कार्यक्रम के तौर पर सरकार की प्रचार मशीनरी ने मीडिया की तमाम मदद के बलबूते इस योजना की 'नवीनता' और उसके 'अनूठेपन' की बात को खूब हवा दी।

मेहरौली के एक कूड़ा बीननेवाले, संजय ने *हिंदुस्तान टाईम्स* की मल्लिका

जोशी को अक्तूबर 2014 में बताया कि यह देख कर वह आश्चर्यचकित है कि तमाम मंत्रीगण और नौकरशाह सड़कों को साफ कर रहे हैं। उसने कहा 'यही वह लोग हैं जिनके घरों से हम हर रोज कूड़ा उठाते हैं'। 'यह हमारी रोजमर्रा की जिंदगी का हिस्सा है। हम यह नहीं समझ पा रहे हैं कि वे इसे इतना बढ़ा-चढ़ा कर क्यों पेश कर रहे हैं'। संजय, सैनिटेशन कामगारों एवं कूड़ा बीननेवाले उस विशाल समूह का एक हिस्सा है, जो दिल्ली की 2 करोड़ आबादी के कचरे का प्रबंधन करते हैं और उनका यह काम आमतौर पर नजरों से ओझल रहता है। उनके बिना यह शहर ठहर जाएगा। संजय जैसे लोगों की स्वच्छ भारत मुहिम में कोई गिनती नहीं है। संजय को इस परिदृश्य से हटा दिया गया है। यहाँ महात्मा गांधी उपनिवेशवाद और धर्मांधता के खिलाफ लड़नेवाले योद्धा के तौर पर नहीं बल्कि स्वच्छता के संत के तौर पर मौजूद हैं, भगवा मतांधों की यही खासियत है। जहाँ उन्हें गांधी के नाम पर लाभ मिलता नजर आता है, वो गांधी को अपनाने लगते हैं मगर उनकी सियासत से तौबा करते हैं।

सैनिटेशन के प्रति भाजपा का रुख बेहद रूढ़िवादी और जातिवाद पर आधारित विश्व दृष्टिकोण से निकलता है। विचार यही रहा है कि भारतीय समाज की एक *समरस* छवि बनी रहे, जहाँ स्वच्छता को भारत माता के प्रति *कर्तव्य* के तौर पर समझा जाए। स्वच्छ भारत को लेकर मोदी द्वारा दिलाई गई शपथ इसी बात को दर्शाती है कि 'अब हमारा कर्तव्य है कि हम गंदगी को दूर करके भारत माता की सेवा करें'। यह बहुत सरल, सहज लगनेवाले नारे हैं, लेकिन ऐसे नारों का संदर्भ महत्वपूर्ण है क्योंकि उनके इर्द-गिर्द और उनके तहत अधिक कठिन हकीकत छिपी हुई है। मिसाल के तौर पर कर्तव्य का विचार, जाति सोपानक्रम और जातिगत कर्तव्य में चुपके से दाखिल होता है। पुरानी ऐतिह्रासिक विषमताएं और अन्याय इन चर्चाओं के केंद्र में जगह बना लेते हैं।

जाति और स्वच्छता की बात किए बिना, स्वच्छ भारत का विचार अधिक से अधिक जाति आधारित समाज़ में पुराने सोपानक्रमों का ही पुनरूत्पादन करता दिखेगा। आबादी का एक हिस्सा पहले से ही जातिगत आधारों पर गंदगी साफ करने और कचरा हटाने के लिए अभिशप्त है। वह पहले से ही लांछित है। एक सामाजिक समस्या के तकनीकी समाधान की खोज मददगार हो सकती है लेकिन इस उदाहरण से यह लगता है कि यह पहले से चले आ रहे ऊंच-नीच के अनुक्रम को बनाए रख सकती

है। व्यक्तियों में सुधार से या उन तक नई टेक्नोलॉजी पहुंचाने से जाति व्यवस्था की जड़ों को चोट नहीं पहुंचेगी। यही वजह है कि स्वच्छता आज भी इस तरह का भारी भरकम मसला बना हुआ है। जाति के प्रति सचेत समाजशास्त्रीय दृष्टि के कुछ निश्चित नतीजे निकले हैं। स्वच्छ भारत मुहिम के साथ हम न केवल स्वच्छ भारत से रूबरू हो रहे हैं बल्कि जाति के सोपानक्रम को भी मजबूत होता देख रहे हैं।

II

फोटो पत्रकार सुधारक ओलवे ने एक महत्वपूर्ण फोटो रचना तैयार की है जिसका शीर्षक है 'इन सर्च ऑफ़ डिग्निटी ऐंड जस्टिस' (सम्मान एवं इंसाफ की तलाश में)। यह हमें सफाईवालों और कूड़ा बीननेवालों की जिंदगी की एक झलक देता है। हमारे समाज को साफ रखने के लिए बड़ी तादाद में कामगार तैनात किए गए हैं। बृहन्मुंबई नगरपालिका में तीस हजार सफाई कामगार हैं। ओलवे लिखते हैं,

> सभी दलित हैं, जो जाति व्यवस्था की सबसे नीचली पायदान से जुड़े हैं। वह या तो शिक्षित नहीं हैं या नाममत्र शिक्षित हैं। बिना अपवाद के सभी अपने काम से नफरत करते हैं। बाकी समाज द्वारा उनकी पूरी उपेक्षा की जाती है या उन्हें हीनभावना से देखा जाता है। उन्हें गंदगी के बीच, बिना किसी सुरक्षा उपकरण के जाना पड़ता है। कीचड़ को धोने के लिए पानी तक उपलब्ध नहीं होता। सभी शराब पीते हैं।

शराब के बारे में एक स्पष्टीकरण जरूरी है। काम इतना गंदा होता है कि यह रेखांकित करने वाली बात होगी कि उस बदबू और गंदगी को लेकर अपने आप को सुन्न करने के लिए कामगार शराब जैसी चीज का सेवन करते हैं। कामगार कहते हैं कि बिना सुन्न हुए 'गंदगी के उस समुद्र' में उतरना मुमकिन नहीं है। ओलवे, इन सभी विवरणों में जाते हैं क्योंकि उनका मानना है कि 'नागरिकों को चाहिए कि वह इन कामगारों को देखें और उनकी मौजूदगी और योगदान को स्वीकारें'। प्रदर्शनी के चित्र, आंखों को कहीं से सुकून नहीं देते हैं। ओलवे लिखते हैं कि मुल्क को चाहिए कि

'अपने स्वास्थ्य और अपनी उत्तरजीविता की कीमत पर हमारे स्वास्थ्य और हमारी उत्तरजीविता को बनाए रखने के लिए' इन श्रमिकों के योगदान को कबूल करे।

हमें धीरज बनाए रखना होगा और न केवल इन चित्रों को बल्कि उससे परे भी देखना होगा ताकि हम अपने आप को याद दिला सकें कि इस मुल्क के करोड़ों नागरिक, जो इस गणतंत्र के समान नागरिक ही हैं, वे अमानवीय जिंदगी जीने के लिए अभिशप्त हैं ताकि शेष समाज 'स्वच्छ' दिख सके। कामगार ओझल ही रहते हैं, हमेशा ओझल।

ओलवे का यह काम मुझे सीवर कामगारों की मौत को लेकर विचलित कर देने वाले अपने 2004 के अनुभव की याद ताजा कराता है। अखबारों में ऐसी मौतों के बारे में खबरें छप रही थीं। हममें से कुछ लोगों ने सफाई कर्मचारी आयोग के अधिकारियों से बात की, कुछ मित्र चंद ऐसे परिवारों से भी मिले, जिन्होंने अपनी युवा संतानों को सीवर में खोया था और सीवर में काम करने वाले कामगारों के काम की स्थितियों के बारे में हम लोगों ने कुछ जानकारी हासिल की। हम लोगों ने एक मुहिम का आगाज किया ताकि इस सच्चाई को उजागर किया जा सके कि राजधानी दिल्ली में अकेले हर साल 100 के करीब लोग गटर में काम करने के दौरान जहरीली गैस से या अन्य ऐसी ही दुर्घटना में मर जाते हैं, यह एक किस्म का मौन जनसंहार है जो हमारे अपने जनतंत्र पर धब्बा है। हम लोगों ने हैंड बिल्स बांटे, सड़क नाट्य बनाए, छोटी-छोटी सभाएं कीं और दिल्ली के कान्स्टिट्युशन क्लब में एक आम सभा का आयोजन किया। इस अभियान के लिए जो पर्चा हम लोगों ने तैयार किया था उसका शीर्षक था 'शहर के सीवर या मौत के कुएं'? वह 12 जून 2004 को हुए दो कामगारों – आला और उमेश – की मौत के विवरण से शुरू होता है जो दिल्ली के ही समयपुर बादली इलाके में गटर साफ करते हुए मर गए थे। इसके बाद वह राजनेता और सरकारी अफसरों जैसे सत्ताधारियों की तरफ मुड़ता है, जो कभी भी ऐसी मौतों से विचलित होते नहीं दिखते हैं और फिर मीडिया की बात करता है 'जो हमेशा सनसनी भरी खबरों की तलाश में रहता है' लेकिन ऐसी मौतों पर खामोश रहता है। पर्चा इस बात का भी उल्लेख करता है कि जब ये सफाई कर्मचारी गटर में उतरते हैं तब उन्हें रस्सी, बक्सा, ऑक्सिजन सिलिंडर और मास्क या मुखौटा जैसे मामूली सुरक्षा उपकरण तक उपलब्ध नहीं कराए

जाते। पर्चे के आखिर में सीवर कामगारों के बारे में कुछ सवाल रखे गए थे, न केवल काम के दौरान घायल होने पर या उनके कालकवलित हो जाने पर उन्हें कुछ मुआवजा मिलता है, न ही ऐसी मौतों के लिए कोई दंडित होता है और न ही ऐसी मौतों को कोई 'हत्या' कहता है।

यकीन मानिए जब मैं इस हैंड बिल को फिर पढ़ रहा था, मुझे वाकई लगा कि हम मुद्दे के प्रश्न पर कितने अनुभवहीन थे। हम अनुभवहीन थे, न केवल स्थिति की गंभीरता के बारे में बल्कि उन उपायों के बारे में भी जो स्थिति को ठीक करने के नाम पर पेश किए जाते हैं।

तीन साल बाद एस. आनंद नामक पत्रकार ने अंग्रेजी साप्ताहिक *तहलका* में इस पर केंद्रित एक स्टोरी की जिसका शीर्षक था 'लाईफ इनसाइड ए ब्लैक होल'। लेख में 'भारत की बढ़ती चकाचौंध में छिपे इन स्याह कोनों की चर्चा थी, जिसमें जहरीली गैसें भरी होती हैं और लाखों दलितों को बीमारियों एवं अस्पृश्यता के ऐवज में यहाँ जीवनयापन के लिए काम करना पड़ता है'। इस रिपोर्ट के कुछ तथ्य दिमाग को सुन्न करने वाले थे। आनंद के मुताबिक,

> हर साल सैनिटेशन के काम में एक दलित उपजाति के 22,327 लोग मरते हैं। सफाई कामगार विकास संघ, जो बृहन्मुंबई म्युनिसिपल कॉर्पोरेशन के सैनिटेशन कामगारों की नुमाइंदगी करनेवाली संस्था है, उसने सूचना के अधिकार के जरिए 2006 में तथ्य एकत्रित करने की कोशिश की थी और पाया कि 2004-05 के दरमियान 288 सफाई कामगार मरे तो 2003-04 में यह आंकड़ा 316 था, जबकि 2002-03 में 320 लोग मरे थे। यह संख्या कॉर्पोरेशन के 24 वार्डों में से महज 14 वार्डों की थी। कहने का तात्पर्य यह कि हर माह 25 मौतें। इसमें सिविक अस्पताल के कामगार, गटर कामगार या ठेके पर काम करने वाले सैनिटेशन मजदूरों के आंकड़े शामिल नहीं हैं। आप इन आंकड़ों की तुलना 1990 से 2007 के दरमियान जम्मू-कश्मीर में मिलिटेंसी से लड़ते मारे गए 5,100 सैनिकों की संख्या के साथ कर सकते हैं।

जाति उत्पीड़न पर मौन

लेख में इस बात को भी रेखांकित किया गया कि जहरीली गैसों से मरनेवालों की यही एकमात्र संख्या नहीं है। दरअसल सीवर में काम करने वाले अधिकतर मजदूर रिटायरमेंट के पहले ही मरते हैं। मैनहोल में काम करने वाले कामगार की औसत जीवन सीमा 45 साल होती है। और जैसा कि अपेक्षा की जाती है, अगर कामगार मैनहोल के अंदर नहीं मरता है तो उसके लिए कोई वित्तीय मुआवजा नहीं मिलता। ऐसी मौतों को पेशागत खतरे की तार्किक परिणति समझा जाता है, जिसके लिए कामगार को 'रिस्क अलाउन्स' अर्थात 'जोखिम भत्ता' मिलता है। दिल्ली में यह भत्ता प्रति माह महज 50 रुपए है।

इस रिपोर्ट में स्वास्थ्य चिकित्सक आशिष मित्तल को उद्धृत किया गया था, जिन्होंने सीवर कामगारों पर एक अध्ययन किया है। जो अन्य मुल्कों में सीवेज कामगारों की स्थिति के बारे में प्रश्न उठाते हैं। उनके मुताबिक 'वहाँ के मैनहोल कामगारों को बाकायदा ''बनी सूट'' दिए जाते हैं ताकि दूषित पानी से उनका संपर्क न हो और उन्हें सांस लेने का उपकरण भी दिया जाता है। सीवर में भरपूर रौशनी होती है, जिनमें बड़े पंखों से हवा चलाई जाती है और इस वजह से उनमें कभी भी ऑक्सिजन की कमी नहीं होती। हांगकांग में, एक सीवर कामगार को पर्याप्त प्रशिक्षण के बाद कम से कम 15 लाइसेंस और परमिटों की जरूरत होती है और उनके बिना वह मैनहोल में नहीं उतर सकता'। भारत में मैनहोल कामगार की स्थिति अलग है :

> मैनहोल कामगार हाफ़ पैंट या महज लूंगी या धोती पहन कर अंदर उतरते हैं। दिल्ली में, अक्टूबर 2002 के राष्ट्रीय मानवाधिकार आयोग के निर्देशों के बाद दिल्ली जल बोर्ड के स्थायी कर्मचारी एक 'सेफ्टी बेल्ट' पहन लेते हैं, जो एक मजाक है। यह बेल्ट गटर में उतरने वाले कामगार को मोटी रस्सी के जरिए ऊपर खड़े आदमी से जोड़ता है, वह उन जहरीली गैसों से कोई सुरक्षा प्रदान नहीं करता और न ही उन धारदार वस्तुओं से उसे बचाता है, जिनसे मैनहोल कामगार को निपटना पड़ता है। अधिक से अधिक, जब वह कामगार बेहोश हो जाए या मर जाए तब वह उन्हें बाहर निकालने में मददगार साबित होता है।

प्रस्तुत रिपोर्ट के आखिरी हिस्से में इस बात पर जोर दिया गया था कि असली समस्या फंड की कमी नहीं है। अगर टेक्नोलॉजी का इस्तेमाल उपग्रहों को आसमान में छोड़ने के लिए के लिए किया जा सकता है तो उसे कूड़ा और गंदगी हटाने के लिए इस्तेमाल में क्यों नहीं लाया जा सकता। ड्रेनेज और सीवर के लिए हजारों करोड़ रुपए के आवंटन का विवरण देते हुए उसमें पूछा गया था कि आखिर इतना सारा पैसा ऐसे पाइपों या नालियों को बिछाने के लिए क्यों खर्च होता है, जो एक तरह से लोगों को मारने के लिए बने हों? वह लिखते हैं,

> भारत के शहर नियोजक, डिजाइनर और टेक्नोलॉजिस्ट को अभी भी कूड़ा और सीवेज के प्रबंधन की मानव अनुकूल प्रणाली गढ़ने का ख्याल तक नहीं आया। इसके बजाए, वह कभी भी खत्म न होने वाले सस्ते, दलित श्रम पर निर्भर रहते हैं।

'लगभग अदृश्य दिखने वाले सीवर कामगार' जिनमें अधिकतर दलित होते हैं और हमारे समाज के प्रबुद्ध एवं मुखर तबके के बीच का विशाल अंतराल और ऐसे कामगारों की पीड़ा एवं व्यथा से उनकी दूरी को, हम रेडियो मिर्ची से जुड़े टेलीविजन कमर्शियल की उनकी प्रतिक्रिया में देख सकते हैं, जिसका उल्लेख उसी आलेख में मिलता है। और उसको लेकर मिली प्रतिक्रिया (शायद उसकी अनुपस्थिति) भी इससे उजागर होती है। वह विज्ञापन दरअसल दो साल तक चलता रहा, जिसकी शुरूआत एक गीत से होती है, जिसकी आवाज मैनहोल से आ रही है। 'ये सुहाना मौसम, ये खुला आसमां, खो गए हम यहाँ, खो गए हम यहाँ'।

दर्शक देख रहे थे कि पान चबाता सफारी सूट पहना आदमी बहुत उत्सुकता से देख रहा है कि मैनहोल में काम कर रहा यह आदमी इतना खुश क्यों है कि वह गाए जा रहा है। अचानक कैमरा मैनहोल कामगार की पैंट और चप्पल की तरफ घूमता है, जो मैनहोल के कवर के पास रखी है और फिर टैगलाइन नमूदार हो जाती है 'मिर्ची सुनने वाले . . . हमेशा खुश'। मैक्कैन एरिक्सन के प्रसून जोशी द्वारा कल्पित यह विज्ञापन, दर्शकों या मानवाधिकार समूहों की तरफ से बिना किसी विरोध के दो साल तक चलता रहा।

जाति उत्पीड़न पर मौन

III

बाईस हजार गटर कामगार हर साल मरते हैं ताकि सीवर को जाम होने से बचाया जा सके और इससे भी अधिक लोग रिटायरमेंट की उम्र के पहले ही मरते हैं। और इसी पृष्ठभूमि में एक विज्ञापन आता है जो दिखाता है कि सीवर कामगार खुशी से गा रहे हैं।

लेकिन फिर, हाजिर होती है दिव्या भारती की फ़िल्म 'कक्कूस' (द टॉयलेट, 2017), यह फ़िल्म इस परंपरा को निशाना बनाती है कि क्यों एक खास समुदाय के लोगों को ही मानवीय मल उठाना चाहिए। यह फ़िल्म समाज की तथा स्वच्छ भारत अभियान की तीखी आलोचना है। यह फ़िल्म 'सेप्टिक टैंक की मौतों को लेकर आपकी चुप्पी के षडयंत्र' को समर्पित है। शायद इसे और जोड़ना चाहिए था। उसे 'आपकी संलिप्तता के लिए' भी समर्पित किया जाना चाहिए था। फ़िल्म इस कदर प्रखर थी कि उसके खिलाफ तमाम केस दर्ज किए गए और पुलिस ने इसके प्रदर्शन को प्रतिबंधित कर दिया। हाथ से मल उठाने के मसले पर फ़िल्म बनाने के लिए पुलिस ने दो बार भारती के घर पर छापा डाला।

जाति या ऐसे भेदभाव इतने आम हैं और इस कदर हमारे मनमस्तिष्क में धंस गए हैं कि किसी को भी वह घिनौने नहीं लगते हैं। स्वच्छता का पेशा और इनका वह सोपानक्रम जो इन पेशों को पीढ़ी दर पीढ़ी और मजबूत करता जाता है, वह भारतीय संस्कृति के सहजबोध का हिस्सा बन गया है। भारत का हुकूमती तबका, भारत को एक आर्थिक महाशक्ति बनाना चाहता है जबकि भारत की आधी आबादी खुले में शौच करती है और वह इसके लिए कुछ भी नहीं करता और मलसंग्रहण का पेशा जारी रहने देता है, जिसमें लाखों लोग रोजगारशुदा हैं। इन समुदायों चाहे वह वाल्मिकी हों या तोट्टी, की एक ही नियति है। वह ऐसे जाति सोपानक्रम द्वारा उत्पीड़ित हैं जो उन्हें सबसे कम वांछनीय पेशों में ढकेलता है। और नौकरियों के खस्ताहाल के चलते वही सोपानक्रम उनकी तकदीर बन जाता है, जहाँ जाति और पूंजीवाद उन्हें लागातार दमित किए रखता है।

अक्तूबर 2014 में मोदी ने स्वच्छ भारत मिशन का आगाज उसी वाल्मिकी

बस्ती से किया जहाँ गांधी चालीस के दशक में रुका करते थे। यह जनाब मोदी के लिए महत्वपूर्ण नहीं था कि आठ दशक बाद उनका यह कदम उस समुदाय के लिए अधिक अपमानजनक होगा, जो स्वच्छकार के काम के साथ उनके चले आ रहे रिश्ते को नई मजबूती देगा। दरअसल जाति को लेकर उनका दृष्टिकोण गहरे रूप से प्रतिक्रियावादी रहा है। अपनी किताब *कर्मयोग* में वह सफाई के काम को 'आध्यात्मिक अनुभव' घोषित करते हैं, जो एक तरह से सीवर में काम करने के वास्तविक जीवनानुभव के प्रति बेहद बेरुखी भरा नजरिया है। मोदी की किताब आई.ए.एस. अधिकारियों को दिए गए भाषणों का संकलन है, जिसका प्रकाशन गुजरात सरकार ने किया था। गुजरात स्टेट पेट्रोलियम कॉर्पोरेशन जैसे अग्रणी सार्वजनिक प्रतिष्ठान के सहयोग से इसकी 5,000 प्रतियां छापी गई थीं। सफाई कामगारों के बारे में मोदी लिखते हैं,

> मैं नहीं मानता कि वे (सफाई कामगार) इस काम को महज जीवनयापन के लिए कर रहे हैं। अगर ऐसा होता तो उन्होंने पीढ़ी दर पीढ़ी इस काम को नहीं किया होता। किसी वक्त उन्हें यह प्रबोधन हुआ होगा कि वाल्मिकी समुदाय का काम, समूचे समाज की खुशी के लिए काम करना, इस काम को उन्हें भगवान ने सौंपा है और सफाई का यह काम आंतरिक आध्यात्मिक गतिविधि के तौर पर जारी रहना चाहिए। इस बात पर यकीन नहीं किया जा सकता कि उनके पूर्वजों के पास अन्य कोई उद्यम करने का विकल्प नहीं रहा होगा।

बेजवाडा विल्सन, सफाई कर्मचारी आंदोलन के नेता हैं। वह सैनिटेशन के काम के बारे में अलग नजरिया रखते हैं। *इंडिया स्टिंकिंग* नामक किताब की प्रस्तावना में वह लिखते हैं,

> आखिर लोगों के कीड़े-मकोड़ों से बजबजाते, बदबू करने वाले मल को उठाने में किसे गर्व हो सकता है? आदतन अपने नथुनों को बंद करते हुए, इन टॉयलेटों में घुसने के पहले अपने सीने में अधिक से अधिक ताजी हवा को लेने वाले, हम सफाई कर्मचारी सांस एवं चमड़े की सबसे गंभीर किस्म की बीमारियों से परेशान रहते हैं

जाति उत्पीड़न पर मौन

. . . कई लोग हमें बताते हैं कि किस तरह आठ साल या ग्यारह साल की उम्र में उन्होंने इस काम को करना शुरू किया, कितने दिनों तक खाना होठों के पास लाना उनके लिए संभव नहीं हुआ था। मल की महक किस तरह उनके नथुनों में हमेशा जमी रहती और किस तरह वह उस शर्म और अपमान को उगल देने की कोशिश करते रहे।

मोदी की *कर्मयोग* का विचार आजाद भारत में सफाई से संबंधित समितियों, बर्वे समिति (1949) और मलकानी समिति (1965) के साथ मेल खाता है। बर्वे समिति का कहना था कि सैनिटेशन कामगारों के लिए उनका काम गंदा नहीं लगता है :

इन भंगियों के पुरखे निम्न जाति से जुड़े श्रमिक थे मगर उन्होंने कभी भी मल उठाने का काम नहीं किया था। इनमें से कुछ लोगों ने पाखाने साफ करने का काम लाभ या मुनाफा कमाने के मकसद से शुरू किया। धीरे-धीरे इस पर उनका एकाधिकार हो गया। एक ऐसा मुकाम भी आया जब भंगी अपने इस वर्चस्व को अपने फायदे के लिए इस्तेमाल करना चाह रहे थे और इस तरह इस पर उनका पारंपरिक अधिकार स्थापित हो गया। आदत के चलते उसने अपने स्वाभिमान को इस कदर खोया कि संडास साफ करने जैसे गंदे काम से बाहर आने का विचार भी उसने त्याग दिया।

मलकानी कमिटी ने स्वच्छकारों के 'पारंपरिक अधिकारों' पर अपने आप को केंद्रित किया। उसका कहना था, 'मल उठाना परिवार की जिंदगी का तरीका है। . . . शिक्षा की कमी और रोजगार के अन्य अवसरों की गैरमौजूदगी के चलते एक तरह का नियतिवादी रूझान लोगों में व्याप्त रहता है'। मोदी का चिंतन इन्हीं दकियानूसी रिपोर्टों से मेल खाता है जो सफाई कामगारों को इस नारकीय और कालदोषयुक्त पेशे में पड़े रहने के योग्य समझता है।

जब 'आध्यात्मिक अनुभव' के बारे में मोदी के विचार कुछ तमिल अखबारों में प्रकाशित हुए, तब राज्य के दलित एवं अन्य तबकों की तरफ से इसकी उग्र प्रतिक्रिया देखने को मिली। जगह-जगह मोदी के पुतले जलाए गए। मोदी द्वारा किताब की

प्रतियां वापस ले ली गईं लेकिन उनका चिंतन यथावत रहा। दो साल बाद, 2009 में मोदी ने 9,000 सफाई कर्मचारियों को संबोधित किया। उन्होंने कहा कि उनका काम मंदिर के पुजारी की तरह है। 'एक पुजारी हर दिन पूजा के पहले मंदिर साफ करता है, आप भी शहर को एक मंदिर की तरह ही साफ करते हैं। आपका एवं मंदिर के पुजारी का काम एक जैसा ही है'। गांधी ने भी इसी तरह के विचार प्रकट किए थे। 'सफाई का काम समाज का सबसे महान काम है'। (नवजीवन, 8 जनवरी 1925) डॉ. भीमराव आंबेडकर का अचूक जवाब था। उन्होंने ऐसे सरपरस्ती वाले विचारों को 'अछूतों का विनाश' घोषित किया। जहाँ सफाई कामगार मौजूदा स्थितियों में ही रह रहे हों, वह स्वच्छ भारत का प्रतिलोम है। वह दलितों को तबाही की तरफ ले जाता है। उन्हें मुक्त नहीं करता।

IV

2016 में *द हिंदू* ने चेन्नई हवाई अड्डे से एक विचित्र खबर दी। हाथ से मल उठाने के काम पर भारत में और तमिलनाडु में भी पाबंदी लगी है। इसके बावजूद वह जारी है, जिसमें 99 फीसदी कामगार दलित समुदायों से आते हैं और इनमें से भी 95 फीसदी महिलाएं होती हैं। चेन्नई हवाई अड्डे का दो हजार करोड़ रुपए की लागत से आधुनिकीकरण किया गया। और इसके बावजूद अखबार में बताया गया था कि उसने उन लोगों से बात की है जिन्होंने बताया कि वह बिना किसी सुरक्षा उपकरण के हवाई अड्डे के परिसर में मैनहोल साफ करते हैं। ओक्कियुम तोराइपक्कम नामक स्थान पर सेप्टिक टैंक सफाई के दौरान चार सैनिटेशन कामगार दम घुटने से मर गए। विगत दो दशकों से, *द हिंदू* ने इस बात को नोट किया था कि तमिलनाडु में 200 मजदूर सीवर और सेप्टिक टैंक की सफाई के दौरान मारे गए हैं। यह याद दिलाना फिर भी जरूरी है कि इस काम को पहले से ही गैरकानूनी घोषित किया गया है और इसके बावजूद वह सरकारी संपत्ति पर नियमित तौर पर चलता है।

चेन्नई कोई अकेला शहर नहीं है। दिल्ली पहले से ही खराब स्थिति में है। दर्पण सिंह, *इंडिया टुडे* में लिखते हैं कि दिल्ली की स्थिति 'बेहद खराब' है। 2015 में दिल्ली

की उच्च अदालत ने नगरपालिका प्रशासन को लताड़ लगाई थी और उन्हें शहर के सैनिटेशन कामगारों विशेषकर हाथ से मल उठाने वालों के बारे में निर्देश दिया था कि वह सर्वेक्षण को पूरा करे। भारत ने हाथ से मल उठाने के काम पर 1993 में पाबंदी लगाई लेकिन 2013 में संसद ने एक नया कानून बनाया जिसके अंतर्गत टॉयलेट सफाई के लिए किसी को रोजगार देने पर 5 साल की जेल की सजा मुकर्रर की गई थी। इससे यह साबित होता है कि इसे लागू करने में कितनी ढिलाई बरती गई है। 2015 में सरकार के जनगणना के आंकड़े जारी हुए थे, जिसमें बताया गया था कि इस पाबंदी और नए कानून के बावजूद लाखों सफाई कर्मचारी पूरे देश में मौजूद हैं। महाराष्ट्र इन आंकड़ों में अव्वल है तो उत्तर प्रदेश दूसरे नंबर पर है।

हाथ से मल उठाने के काम में मुब्तिला लोगों के बारे में सरकारी आंकड़े (2 लाख के अंदर) बेहद कम हैं। बाकियों का कहना है कि वास्तविक संख्या 13 लाख से अधिक है।

आखिर यह प्रथा क्यों जारी रहती है? मोदी सरकार के योजना आयोग को बंद किए जाने से पहले योजना आयोग ने यह सुझाया था कि यह 'पानी की सेवा की अनुपलब्धि वाले संडास' के चलते होता है। लेकिन यह जवाब भी काफी नहीं दिखता। हाथ से मल उठाने की इस प्रथा को समाप्त करने को लेकर सभी संसदीय उपाय आधे-अधूरे मन से किए जाते रहे हैं। महाराष्ट्र के लिए बनी बर्वे कमिटी (1949) और भारत के लिए बनी मलकानी कमिटी (1965) ने प्रभावहीन सिफारिशें पेश कीं। मैन्युअल स्केवेंजिंग पर पाबंदी लगाने के लिए बने सरकारी कानून बहुत कमजोर रहे हैं। आजादी के दशकों बाद एम्प्लॉयमेंट ऑफ़ मैन्युअल स्केवेन्जर्स ऐंड कंस्ट्रक्शन ऑफ़ ड्राई लैटरिन्स (निवारण) अधिनियम, 1993 में बना और 1997 तक यह भी गैजेट ऑफ़ इंडिया में नोटिफाई नहीं हुआ। किसी भी राज्य ने अधिनियम की घोषणा 2000 तक नहीं की। विगत 20 सालों से किसी भी सरकारी अधिकारी या फर्म को इस मामले में दोषी सिद्ध नहीं किया जा सका। इस कानून के मुख्य उल्लंघनकर्ता, भारतीय रेल जैसी सरकारी एजेंसियां हैं लेकिन उन्हें कानून के दायरे में नहीं रहने के लिए कहा गया है, न ही कानून का उल्लंघन करने पर वे दंडित होते हैं।

गोया कि इस बात को स्वीकार करने के लिए कि सरकार का यह अधिनियम

असफल साबित हुआ है। 2013 में एक नया सरकारी अधिनियम बनाया गया 'प्रोहिबिशन ऑफ़ एम्प्लॉयमेंट ऐज मैन्युअल स्केवेंजर्स ऐंड देअर रिहैबिलिटेशन ऐक्ट'। इस अधिनियम में स्थानीय और रेलवे प्राधिकारियों के लिए पहले से ही बचने का रास्ता दिया गया है। उन्होंने यह दलील दी है कि उनके लिए यह मुमकिन नहीं है कि वह हाथ से मल उठाने की प्रथा को समाप्त कर दें। कानून में कामगारों को सुरक्षा उपकरण प्रदान करने तथा संरक्षण के अन्य एहतियात बरतने पर जोर है, न कि मनुष्य को मशीन से प्रतिस्थापित करने पर (जैसा कि व्यापक स्तर पर उपलब्ध है)। कानून कहता है कि अगर सुरक्षात्मक उपकरण का इस्तेमाल हुआ तो यह कामगार 'मैन्युअल स्केवेंजर्स' की श्रेणी से बाहर हो जाते हैं।

2014 में ह्यूमन राइट्स वाच ने एक रिपोर्ट प्रकाशित की – *क्लीनिंग ह्यूमन वेस्ट* – जिसने विगत ढाई दशक के दौरान बने इन दोनों कानूनों का आकलन किया है। संस्था ने भारत सरकार और विभिन्न राज्यों सरकारों के लिए कुछ महत्वपूर्ण सिफारिशें की हैं :

1. हाथ से मल उठाने के काम में मुब्तिला सभी व्यक्तियों की पहचान करना।
2. यह सुनिश्चित करना कि 2013 के अधिनियम के तहत पुनर्वास की सभी हकदारी हाथ से मल उठाने में मुब्तिला समुदायों के लिए उपलब्ध हो।
3. यह सुनिश्चित करने के लिए तत्काल कदम उठाना कि अधिकारी खुद हस्तक्षेप करें तथा हाथ से मल उठाने के काम के लिए समुदायों को मजबूर किए जाने के सिलसिले को रोकें।
4. स्थानीय शासकीय अधिकारियों, जो खुद मैन्युअल स्केवेंजर्स के तौर पर लोगों को रोजगार पर रखते हैं, के खिलाफ भी कानून के सख्त अमल को लागू करना।
5. अनुसूचित जाति और अनुसूचित जनजाति (अत्याचार निवारण) संशोधन अध्यादेश 2014, लागू करना।

रिपोर्ट इस बात को उजागर करती है कि महिलाओं को अक्सर यह काम करने के

लिए मजबूर किया जाता है। मजदूरी के ऐवज में नहीं बल्कि खाना और सामुदायिक संसाधनों के इस्तेमाल के ऐवज में।

अंतर्राष्ट्रीय श्रम संगठन का *रिसोर्स हैंडबुक टू एंड मैन्युअल स्केवेंजिंग* इस प्रथा के जारी रहने की वजहों पर और अधिक रौशनी डालता है। वह बताता है कि निम्नलिखित चार वजहों से यह प्रथा आज भी जारी है :

1. जाति छूआछूत और शुद्धता की सांस्कृतिक धारणाओं के बने रहने और जन्म के आधार पर लोगों को तुच्छ कामों को सौंपना।
2. जेंडर भेदभाव से आच्छादित जातिगत विषमताएं (चूंकि अधिकतर सूखे संडासों की स्वच्छकार महिलाएं होती हैं)।
3. हाथ से मल उठाने के कानून को अमल में लाने तथा पुनर्वास की आधिकारिक योजनाओं लागू करने में समूचे भारत में राज्य प्रशासनों की बेरुखी और असफलता।
4. जातिगत भेदभाव समाप्त करने को लेकर दंडहीनता की संस्कृति और राज्य की जवाबदेही, उत्तरदायित्व और जनता में नेकनीयती की अनुपस्थिति।

स्वच्छ भारत इन विभिन्न मुद्दों से निपटता नहीं है। वह इनसे बचता है। 2014 के बाद से सरकार ने हाथ से मल उठाने में मुब्तिला लोगों के पुनर्वास के लिए बजटीय आवंटन में 95 फीसदी कटौती की है। 2014-15 में मैन्युअल स्केवेंजर्स के पुनर्वास तथा स्वरोजगार के लिए बजटीय भत्ता 448 करोड़ रुपए का था। 2016-17 में महज दस करोड़ रुपए था जो 2017-18 तक आते-आते महज पांच करोड़ तक रह गया। सैनिटेशन कामगारों के पुनर्वास में किसी की दिलचस्पी नहीं है। बजट इसी बात को उजागर करता है। वह इस बात को भी स्पष्ट करता है कि इस दौरान सरकार ने स्वच्छ भारत मिशन को बढ़ावा देने के लिए मीडिया पर 530 करोड़ रुपए खर्च किए। सैनिटेशन कामगारों के पुनर्वास के लिए जितनी राशि आवंटित की गई हो, उससे अधिक पैसा स्वच्छ भारत मुहिम के *प्रचार प्रसार* पर खर्च किया गया। यही मोदी सरकार की अहमियत है, जिसे रुपयों में पेश किया गया है।

V

2011 के सामाजिक-आर्थिक सर्वेक्षण में इस बात की पुष्टि की गई है कि आधा भारत खुले में शौच करता है। खुले में शौच का मतलब किसी न किसी को वह गंदगी साफ करनी पड़ती है। आमतौर पर यह व्यक्ति 'हाथ से मल उठाने वाला' (मैन्युअल स्केवेंजर) या सफाई कामगार होता है, जिसे खुली जगहों से इस मलमूत्र को इकठ्ठा करना पड़ता है। संयुक्त राष्ट्र संघ के 2014 का अध्ययन बताता है कि लगभग 597 मिलियन भारतीय खुले में शौच करते हैं। दुनिया में खुले में शौच करनेवालों का यह 61 फीसदी तक है। इस मामले में भारत के सबसे नजदीक कोई मुल्क है तो वह है – इंडोनेशिया और पाकिस्तान, जहां क्रमशः 54 मिलियन और 41 मिलियन लोग ऐसा करते हैं। चीन, जिसकी आबादी भारत के करीब है, वहां महज 10 मिलियन लोग खुले में शौच करते हैं। भारत में खुले में शौच करनेवालों का प्रतिशत 2006 (55 फीसदी) से 2013 (61 फीसदी) के दरमियान बढ़ गया है। यही वह दौर है जब भारत में अर्थव्यवस्था की बढ़ोत्तरी की उच्च दर देखने को मिली थी। लोगों के स्वास्थ्य और सम्मान के लिए खतरनाक इस प्रथा को समाप्त करने का कोई असर नहीं हुआ।

विश्व स्वास्थ्य संगठन और यूनिसेफ़ की 2015 की रिपोर्ट के मुताबिक भारत में 1990 से खुले में शौच करना कम हुआ है लेकिन उसके घटने की दर काफी धीमी है। 1990 से 2015 के दरमियान वह महज 2 फीसदी प्रति साल ही कम हुआ है। इसी अंतराल में, बांग्लादेश ने खुले में शौच की समस्या को 34 फीसदी से 1 फीसदी तक पहुंचाया है।

भारत ने अंतरिक्ष में यान भेजे हैं, उन्हें आसमान से परे भी भेजा है। भारत के पास नाभिकीय हथियार हैं और एक ताकतवर सेना भी है। इसके बावजूद, दुनिया में हथियारों का सबसे बड़ा आयातक यह देश भारत, खुले में शौच की समस्या से निपट नहीं पा रहा है। विकास के अध्येता अक्सर बताते हैं कि इसका ताल्लुक गरीबी से है (हालांकि हथियारों को खरीदने में ये गरीबी इसके आड़े नहीं आती)। विश्व स्वास्थ्य संगठन, यूनिसेफ़, विश्व बैंक तथा भारत सरकार के आंकड़े बताते हैं कि इसके लिए गरीबी को एकमात्र कारण बताना काफी नहीं है। किसी मुल्क के प्रति व्यक्ति सकल

घरेलू उत्पाद और खुले में शौच की व्यापकता के बीच कोई संबंध नहीं है। तीन अफ्रीकी मुल्क – डेमोक्रेटिक रिपब्लिक ऑफ़ कांगो, मालावी और बुरूण्डी – का प्रति व्यक्ति सकल घरेलू उत्पाद (क्रय क्षमता की अनुरूपता अर्थात पर्चेजिंग पॉवर पैरिटी) क्रमशः 439, 739 और 737 है और जहां तक खुले में शौच की दर का सवाल है तो वह सिर्फ 9,7 और 3 फीसदी है। भारत, जिसका प्रति व्यक्ति सकल घरेलू उत्पाद 5,050 है, उसकी खुले में शौच की दर 48 फीसदी है। भारत के तीन पड़ोसी – अफ़गानिस्तान (प्रति व्यक्ति सकल घरेलू उत्पाद 1,892, खुले में शौच की दर 15 फीसदी), बांग्लादेश (प्रति व्यक्ति सकल घरेलू उत्पाद 2,364, खुले में शौच की दर 3 फीसदी) और पाकिस्तान (प्रति व्यक्ति सकल घरेलू उत्पाद 4,360, खुले में शौच की दर 23 फीसदी) – भी भारत से बेहतर स्थिति में हैं। इन अंतर्राष्ट्रीय संस्थाओं के आंकड़े यही बताते हैं कि भारत में सुधार की रफ्तार बेहद धीमी है। यह स्थिति चिंतनीय भी है और बहुत कुछ स्पष्ट भी कर जाती है।

राइस युनिवर्सिटी की रिसर्च फैलो संगीता व्यास ने 2014 में उत्तर भारत के छह राज्यों के 3,500 घरों का दौरा किया। उन्होंने पाया कि 'सैनिटेशन का मसला ग्रामीण परिवारों में प्राथमिकता सूची में नहीं है'। अधिकतर भारतीय, जिनके साथ उन्होंने संवाद किया, उन्हें यह नहीं लगता था कि टॉयलेट का इस्तेमाल स्वास्थ्य के लिए अच्छा होता है। आधे के करीब लोग मानते थे कि शौचालय में जाने की तुलना में खुले में शौच करना स्वास्थ्य के लिए अधिक बेहतर होता है। जिन लोगों से उन्होंने बात की उनके पास 'टॉयलेट को लेकर एक बेहद महंगा विचार था'। वह लिखती हैं कि ग्रामीण भारत के कई लोगों के लिए, 'टॉयलेट का मतलब सीमेंट के ऊपरी ढांचे वाला एक बड़ा सेप्टिक टैंक या खेत होता है'। सरकारी शौचालयों को संडास के तौर पर नहीं देखा जाता। उन्हें बिना इस्तेमाल के छोड़ दिया जाता है। आखिर वर्चस्वशाली जातियां बड़े सैप्टिक टैंकों और महंगे टॉयलेट को ही क्यों इस्तेमाल करते हैं? 2015 के एक पर्चे में इस बात का जिक्र है। व्यास इस पर्चे की सहलेखिका हैं, वे कहती हैं – 'हालांकि कुछ रुढ़िवादी ग्रामीण हिंदू किसी भी किस्म के संडास को अरूचिकर समझते हैं, अधिकतर लोगों को लगता है कि महंगे शौचालय जो बड़े गड्ढों से या सेप्टिक टैंक से बने हों, वह प्रदूषित नहीं करते'। इसमें 'प्रदूषण' का विचार सबसे अहम है। इसका अर्थ है कि

पानी का इस्तेमाल करने वाले फ्लश संडासों की कमी नहीं बल्कि यह जाति सोपानक्रम और जातीय पूर्वाग्रह है, जो भारत की तमाम समस्याओं के केंद्र में है।

प्रदूषण पर गीता रामास्वामी अपनी किताब *इंडिया स्टिंकिंग* में अधिक रौशनी डालती हैं। वह लिखती हैं,

> पश्चिमी दुनिया के बड़े हिस्से में, मानवीय मल और रोग के बीच का रिश्ता स्थापित है। ढेर सारे संप्रेषणीय रोगों के प्रसार में मानवीय मल को प्रधान कारक समझा जाता है। . . . भारत में, मल को अशुद्ध समझा जाता है . . . पारंपरिक प्रथाएं मल के वैज्ञानिक निपटारे के साथ सामंजस्य नहीं रख पाई हैं, जिसका परिणाम विचित्र प्रणालियों में हुआ है, खासकर हमारे बाद किसी के सफाई के लिए तैनात होने के रूप में। मल से दूरी को एक तरह का आवश्यक कर्म समझा जाता है : मल विसर्जन के बाद नहाया जाता है . . . जातिवादी हिंदू समाज ने इस बात की कभी परवाह नहीं की कि सार्वजनिक स्थानों पर मल पड़ा है मगर इस बात पर अवश्य जोर दिया कि घर के अंदर का भाग ऐसी गंदगी से मुक्त होना चाहिए। एक नैमत्तिक कर्म के तौर पर मल से दूरी और यह हकीकत कि मल से दूरी बना कर नहीं रखी जा सकती, इसका समाधान इस हिंदू समाज ने, 'प्रदूषित' जातियों में ढूंढ लिया है जो हाथ से मल उठाती हैं। इस तरह मल उठाना और जाति का प्रश्न आपस में अंतर्गुन्थित है।

शुद्धता और प्रदूषण की हिंदू अवधारणाएं जाति व्यवस्था और अस्पृश्यता की प्रथा से जुड़ी हैं और ये अस्वच्छ भारत के निर्माण की स्थितियां तैयार करती हैं। हाथ से मल उठाना और खुले में शौच, जाति सोपानक्रम के नतीजे हैं, न कि गरीबी या टेक्नोलॉजी के अभाव के परिणाम। इसे न भाजपा सरकार स्वीकार करती है, न ही वर्चस्वशाली जातियां और भारतीय प्रतिष्ठान।

इस बात को रेखांकित करना महत्वपूर्ण है कि ध्यान असल में जाति प्रथा पर होना चाहिए। उसी तरह जैसे वर्चस्वशाली जातियां इस प्रथा को कायम रखने पर ध्यान देती हैं और उस पर अमल करती हैं। मिहिर शर्मा की किताब *रिस्टार्ट : द लास्ट चेंज फ़ॉर द इंडियन इकॉनमी* (2014) बताती है कि ग्रामीण इलाकों में रहनेवाले 80

फीसदी हिंदू खुले में शौच करते हैं, जबकि मुसलमानों में ऐसे लोगों की तादाद आधी है। शर्मा यह भी लिखते हैं कि ऐसे 40 फीसदी हिंदू जिनके लिए एक सरकारी संडास सुगम है वह 'उसका इस्तेमाल नहीं करते' जबकि मुसलमानों में महज 7 फीसदी लोग ऐसे मिलेंगे, जो खुले में शौच करने जाएंगे अगर उनके यहां संडास की सुगमता हो। शर्मा द्वारा प्रस्तुत आंकड़ों की ताईद हम टेक्सस विश्वविद्यालय के विद्वानों माइकेल गेरूसो और डीन स्पीयर्स के पर्चे (*सैनिटेशन ऐंड हेल्थ एक्स्टरनेलिटीज : रिजॉल्विंग द मुस्लिम मॉरेलिटी पैराडॉक्स 2014*) से कर सकते हैं। गेरूसो और स्पीअर्स बताते हैं कि 'खुले में शौच की परंपरा भारत की हिंदू बहुसंख्या में अधिक है' जिसमें यही दिखता है कि हिंदू परिवारों का 67 फीसदी खुले में शौच करता है। इनकी तुलना में वह पाते हैं कि 'सापेक्षतः गरीब मुस्लिम परिवारों के 42 फीसदी लोग ऐसा करते हैं'। वे गीता रामास्वामी की किताब *इंडिया स्टिंकिंग* और रविचन्द्रन बाथरन के *इकॉनोमिक पॉलिटिकल वीकली* में प्रकाशित पर्चे (इंडियन सैनिटेशन, 2011) का उल्लेख करते हुए दिखाते हैं कि हिंदुओं में खुले में शौच की परंपरा का समाप्त न होना हिंदू जाति व्यवस्था का बने रहना है : मल विसर्जन को घर के बाहर रख कर मल से कर्मकांडीय दूरी बनाई रखी जाती है बल्कि उसकी सफाई के काम भी दलितों को सौंप दिए जाते हैं।

आखिर खुले में शौच की प्रथा आज भी क्यों बनी हुई है? इसकी वजह है जाति व्यवस्था और अमानवीय कार्यों के लिए उपलब्ध सस्ता दलित श्रम। निश्चित ही नीति निर्माता इस सहज स्पष्टीकरण से बचते हैं।

VI

नीति निर्माता जिसमें मोदी सरकार भी शामिल है, मानते हैं कि खुले में शौच का समाधान है शौचालय या टॉयलेट का निर्माण। कभी यह योजना बनाई गई थी कि प्रति मिनट सात शौचालय बनाए जाएं और अब वह आकांक्षा तीस शौचालय प्रति मिनट या हर दो सेकेंड में एक शौचालय तक पहुंची है।

लेकिन क्या शौचालयों का इस्तेमाल होता है? नेशनल सैंपल सर्वे ऑर्गेनाइजेशन

के 2010 का आकलन बताता है कि ग्रामीण शौचालय उपयोग में नहीं आते। 2015 में कंट्रोलर ऐंड ऑडिटर जनरल ऑफ़ इंडिया (सीएजी) की रिपोर्ट में यह सुझाव रखा गया था कि 'लगभग 30 फीसदी व्यक्तिगत टॉयलेट बेकार पड़े रहते हैं और जिसकी वजह होती है उनकी खराब गुणवत्ता, अधूरी संरचना और देखभाल की कमी'।

क्या शौचालय बनाने के पीछे कोई समग्र चिंतन कार्यरत रहता है? टॉयलेट का निर्माण हो सकता है, लेकिन न तो सैनिटेशन श्रृंखला पर विचार किया जाता है, न ही इस बात पर कि यहां पानी की उपलब्धता सुगम है या नहीं! सैनिटेशन श्रृंखला का मतलब होता है टॉयलेट (जहां मल इकट्ठा होता है), मल भरे गाद की निकासी, उपचार और अंततः मल का सुरक्षित निबटारा। अगर मल का ठीक से निपटान नहीं हुआ तो सैनिटेशन श्रृंखला अधूरी रहती है और वह सीवेज मल धरती और पानी के स्त्रोतों को भी प्रदूषित कर सकता है जिससे तरह-तरह की स्वास्थ्य समस्याएं जन्म ले सकती हैं।

क्या शौचालयों का निर्माण इसलिए किया जाता है ताकि दलितों को मल से जुड़े अमानवीय कार्यों से मुक्ति दिलाई जा सके? जयपुर (राजस्थान) के सरकारी स्कूलों से प्राप्त घृणित सबूतों से आपको इसका जवाब मिल सकता है। राधा शेखावत ने राजस्थान उच्च अदालत से यह गुजारिश की कि जयपुर के स्कूलों का सर्वेक्षण करने के लिए वह भारत बाल विज्ञान समिति को अधिकृत कर दे। 2015 में जमा की गई यह रिपोर्ट बताती है कि 138 में से 24 स्कूलों में छात्राओं के लिए टॉयलेट नहीं है, जबकि 75 फीसदी स्कूलों के पास सैनिटेशन की सुविधाएं नहीं हैं। इसके बाद आता है इस रिपोर्ट का सबसे वीभत्स हिस्सा। भारत बाल विज्ञान समिति का कहना था कि वह 'अपने सर्वेक्षण में सामने आए एक गंभीर मामले को रेखांकित करना चाह रहे हैं। वह यह कि अध्यापक और स्कूल प्रबंधन अनुसूचित जाति की छात्राओं एवं छात्रों को शौचालय साफ करने के लिए मजबूर करते हैं'। समिति के मुताबिक 'इन बच्चों को इसीलिए भेदभाव का सामना करना पड़ता है क्योंकि वे अनुसूचित जाति से ताल्लुक रखते हैं और इस तरह पारंपरिक समाजों में मौजूद अस्पृश्यता और जातिगत भूमिकाओं को और अधिक मजबूती मिलती है'।

स्वच्छ भारत अभी बहुत दूर है। 19 जुलाई 2018 को ग्रामीण विकास पर बनी संसदीय समिति (2017-18) की रिपोर्ट लोकसभा में प्रस्तुत की गई थी। कमिटी की

अगुआई भाजपा की सहयोगी पार्टी एआईएडीएमके के डॉ. पी. वेणुगोपाल ने की थी। रिपोर्ट ने इस बात को नोट किया था कि 'सभी के लिए सैनिटेशन और स्वच्छ भारत अभी भी बहुत दूर है'। सरकार ने कहा था कि 24 मई 2018 तक ग्रामीण इलाकों के 84 फीसदी को सैनिटेशन कवरेज प्राप्त था। हालांकि रिपोर्ट में कहा गया कि 'इस विषय की पड़ताल करते हुए कमिटी ने पाया कि सैनिटेशन कवरेज के आंकड़े कागज पर ही अधिक दिख रहे थे मगर जमीनी स्तर पर वास्तविक प्रगति बहुत सुस्त है'।

2017 के अंत में, सुरक्षित पीने का पानी एवं सैनिटेशन के मानवाधिकार के लिए संयुक्त राष्ट्रसंघ के विशेष दूत लिओ हेलर ने भारत की यात्रा की। सरकार और स्थानीय निकायों द्वारा आम लोगों के खिलाफ अपनाई जा रही दमनात्मक नीतियों पर विशेष गौर करते हुए उन्होंने स्वच्छ भारत अभियान के अमल की खामियों को रेखांकित किया। हेलर ने आगाह किया कि नई नीति 'मानवाधिकारों से मुक्त या मानवाधिकारहीन' नहीं होनी चाहिए।

सैनिटेशन के अधिकार को हासिल करने की दिशा में कदम बढ़ाते हुए, मुमकिन है कि भारत अनायास भेदभाव से मुक्ति के बुनियादी सिद्धांत के उल्लंघन को बढ़ावा दे। इस बात पर अधिक गौर करते हुए पीढ़ी दर पीढ़ी स्वच्छता के कामों को निम्न जातियों पर लादा जाता रहा है, शौचालयों की संख्या में बढ़ोत्तरी इस चिंता को जन्म देती है कि हाथ से मल उठाने का सिलसिला जाति-आधारित एवं भेदभाव आधारित तरीकों से बदस्तूर जारी रहेगा।

जब हेलर भारत में थे, तब इस बात की खबरें भी आई थीं कि सरकारी शौचालयों का इस्तेमाल करने के लिए हिंसा का भी इस्तेमाल हो रहा है। जून 2017 में राजस्थान के प्रतापगढ़ में ज़फ़र हुसैन की हत्या के बाद इस पूरे सिलसिले को टॉयलेट विजिलान्टिजम अर्थात शौचालयों के लिए आकस्मिक हिंसा के रूप में जाना गया। ज़फ़र हुसैन की हत्या इसलिए हुई क्योंकि उसने नगरपालिका कर्मचारियों द्वारा खुले में शौच करती महिलाओं की तस्वीरें उतरने का विरोध किया। जैसा कि कम्युनिस्ट पार्टी ऑफ़ इंडिया (मार्क्सवादी) के टिकेन्दर सिंह पंवार ने 2017 में लिखा :

इसको बताने का मकसद यह नहीं है कि शौचालयों की जरूरत नहीं है। समस्या

यह है कि किस तरह शौचालयों को लोगों पर लादा जा रहा है। शौचालयों के लिए ऐसी आकस्मिक हिंसा न केवल स्त्रियों के जीवन को अधिक दीन-हीन बनाती है बल्कि यह उन व्यक्तियों के लिए भी प्रताड़ना होती है जो इस किस्म की पहरेदारी करने के इच्छुक नहीं होते। राज्य की शह पर यह दमन एक तरह से अलग किस्म की आकस्मिक हिंसा है, जो गाय के नाम पर चलने वाली पहरेदारी जैसी दिखती है, जहां विशिष्ट समूहों को निशाना बनाया जाता है। शहरों में रहनेवाले लोगों के लिए यह आसान नहीं होता कि वह अपने अपशिष्ट का प्रबंधन खुद करें मगर फौरी तौर पर हम कम से कम गांवों में खुले में मल विसर्जन को नियंत्रित रखें, न कि उसका अपराधीकरण करें। इस बात को सुनिश्चित किया जाना चाहिए कि खुले में शौच से मुक्ति का लक्ष्य हासिल करने के लिए सरकार की बदहवासी के परिणामस्वरुप आइंदा किसी जफर हुसैन की हत्या न हो।

VII

1927 में डॉ. आंबेडकर ने ऐतिहासिक महाड (तब बंबई प्रांत का हिस्सा) सत्याग्रह की अगुआई की। सत्याग्रह के पहले चरण में आंबेडकर ने अपने तमाम अनुयायियों के साथ चवदार तालाब पर पानी पीकर सत्याग्रह किया था (19-20 मार्च)। उनकी यह कार्रवाई एक तरह से उस वर्चस्वशाली जातिगत दृष्टिकोण को चुनौती थी जिसके अनुसार सिर्फ भद्र जातियां ही इस तालाब से पानी पी सकती थीं। अगर दलित वहीं से पानी पीता है तो वह पानी को प्रदूषित कर देता है। आंबेडकर ने आह्वान किया कि सभी दलितों को उन पेशों से तौबा करनी चाहिए जो उन्हें कलंकित करते हैं। उन्होंने शपथ ली कि कोई भी दलित न तो 'हिंदुओं के मरे जानवर की खाल उतारेगा, न उसे ढोएगा और न ही मरे हुए जानवर का मांस खाएगा'। महाड सत्याग्रह के बाद डॉ. आंबेडकर ने लिखा, 'सत्याग्रह में पारित प्रस्तावों को दोहरा मकसद था। एक उद्देश्य था। अछूतों में आत्मसम्मान और आत्मगौरव को बढ़ावा देना उसका गौण पहलू था। मुख्य मकसद था हिंदू समाज व्यवस्था पर हमला बोलना'। दलित इस महाड क्रांति को आज भी याद करते हैं कि 'पानी में आग लगी थी'।

जाति उत्पीड़न पर मौन

सत्याग्रह के दूसरे चरण में हजारों दलितों और उनके हिमायतियों ने एक सार्वजनिक कार्यक्रम में *मनुस्मृति* का दहन किया (25 दिसंबर 1927)। इस ग्रंथ के मानवद्रोही विचारों के लिए उन्होंने इसे अपना निशाना बनाया। महाड के अपने ऐतिहासिक भाषण में, आंबेडकर ने इस सम्मेलन की तुलना 18वीं सदी के फ्रांसीसी इंकलाब से की।

इस ऐतिहासिक महाड सत्याग्रह के नब्बे साल बाद, नई दिल्ली रेलवे स्टेशन पर बिलबोर्ड (विज्ञापन करने वाले तख्ते) लगाए गए थे, जिसमें महाड क्रांति के जनक डॉ. आंबेडकर को स्वच्छता के आइकन के तौर पर पेश किया गया था। बिलबोर्ड पर बने चित्र में डॉ. आंबेडकर की तरह नजर आ रहा एक शख्स कूड़ा फेंकने, कूड़ेदान की तरफ जाने के लिए लोगों की अगुआई कर रहा है। बिलबोर्ड की सुर्खियां और अधिक पीड़ादायी थीं जिसमें लिखा था – 'अपने अंदर के बाबासाहब को जागृत करें। गंदगी के खिलाफ इस महान अभियान में अपना योगदान दें'।

आखिर यह विज्ञापन क्या बता रहा था? वह यही कह रहा था कि भाजपा की अगुआई वाली सरकार आज भी डॉ. आंबेडकर को एक ऐसे शख्स के तौर पर देखती है जिसका जन्म एक उत्पीड़ित जाति और उस समुदाय में हुआ था जिसके सदस्यों को स्वच्छता के काम में लगे रहना चाहिए। उनकी निगाह में यही है डॉ. आंबेडकर की हैसियत। जिसने संविधान का मसविदा तैयार किया, जो खुद बड़े विद्वान थे, जिनके निजी पुस्तकालय में बीस हजार से अधिक किताबें थीं, जिन्होंने जाति सोपानक्रम तथा जाति व्यवस्था के खिलाफ संघर्ष की अगुआई की, उनकी उपलब्धियों के कोई मायने नहीं हैं।

आंबेडकरवादी आंदोलन से उभरे समूहों तथा अन्य संगठनों ने इन बिलबोर्ड की जबर्दस्त मुखालिफत की। अन्ततः उन्हें हटा दिया गया। लेकिन यह प्रश्न आज भी बना हुआ है कि इन बिलबोर्ड को आखिर लगाया किसने? ऐसे बिलबोर्ड का लगाया जाना एक 'मानवाधिकारहीन' स्वच्छ भारत की निशानी है, जो जाति व्यवस्था और जाति सोपानक्रम को मजबूत कर रही है, जो उत्पीड़न को नए रंग-रोगन के साथ पेश कर रही है।

पांच

मनु का सम्मोहन

I

जब भारत के संविधान का ऐलान हुआ तब डॉ. आंबेडकर ने कहा था कि इसने 'मनु के शासन की समाप्ति की है'। और इसके बावजूद यह दिख रहा है कि मनु की वापसी हो रही है। उसकी प्रसिद्ध रचना *मनुस्मृति* नियमित तौर पर सुर्खियों में बनी रहती है। यहाँ इस बात को रेखांकित करना जरूरी है कि *मनुस्मृति* की रचना ईसापूर्व दूसरी सदी और ईसा के बाद की तीसरी सदी के दरमियान हुई।

अक्तूबर 2018 में रिपब्लिकन पार्टी ऑफ़ इंडिया, (खरात समूह) एक आंबेडकरवादी समूह, के तीन सदस्य महाराष्ट्र के औरंगाबाद से राजस्थान के जयपुर पहुंचे। शीला बाई पवार, कांता रमेश अहिरे और दाउद शकील शेख ने सुना था कि जयपुर उच्च अदालत के सामने मनु की मूर्ति स्थापित है। वहाँ 1989 में उसकी स्थापना हुई थी। उस समय सूबे में संघ से जुड़े भाजपा नेता भैरों सिंह शेखावत की सरकार थी। उसी समय से दलित संगठनों एवं अन्य मानवाधिकार संगठनों ने मूर्ति के वहाँ लगाए जाने का विरोध किया था। अदालत ने इस बारे में निर्णय भी लिया था लेकिन विश्व हिंदू परिषद के नेता आचार्य धर्मेंद्र ने इसे रोकने के लिए एक जनहित याचिका दायर की और उच्च अदालत ने इस पर स्थगनादेश दिया। अदालत का कहना था कि मुख्य न्यायाधीश के साथ दो अन्य न्यायाधीशों की पीठ को इस मसले पर विचार करना चाहिए और तब से मामला वहीं लटका हुआ है। मूर्ति वहीं बनी हुई

है और इसी वजह से पवार, अहिरे और शेख अदालत पहुंचे थे। दोनों महिलाएं, पवार और अहिरे मूर्ति पर चढ़ीं और उन्होंने मूर्ति के चेहरे पर कालिख पोत दी। लोग वहाँ एकत्रित हुए और उन्होंने उन महिलाओं को पीटना शुरू किया। वहाँ पहुंचे एक आदमी ने इन महिलाओं से कहा 'मैं भी ब्राह्मण हूं, मेरे पर पोत कालिख'। महिलाओं को हिरासत में लिया गया और उन पर धार्मिक भावनाएं आहत करने का आरोप लगाया गया। कुछ माह बाद उन्हें जमानत मिली।

उनकी कार्रवाई को धार्मिक भावनाएं आहत करने में शुमार किया गया लेकिन मनु की हिमायत से किसी की भावनाएं आहत नहीं हुईं जबकि मनु की रचना समानता और आजादी में यकीन रखने वाले किसी भी व्यक्ति के लिए बेहद आपत्तिजनक है।

आंबेडकर की मूर्ति भी अदालत में लगी है, अलबत्ता वह किसी कोने में स्थित है।

शिव प्रतिष्ठान संगठन के संस्थापक संभाजी भिड़े (उम्र 85 साल) ने अपने अनुयायियों – *धारकरियों* – को पुणे, महाराष्ट्र के जंगली महाराज रोड पर बिना पुलिस अनुमति के एकत्रित किया। भिड़े ने अपने धारकरियों को बताया कि उन्हें हिंदू राष्ट्र के निर्माण की दिशा में कोशिश करनी चाहिए। उन्होंने यह भी बताया कि *मनुस्मृति* संत ज्ञानेश्वर और तुकाराम की शिक्षाओं से काफी बेहतर है, दरअसल मनु की रचना किसी भी अन्य ग्रंथ से बेहतर है :

> मानव भी एक तरह से जानवर ही होता है, मगर जो चीज उसे अलग बनाती है, वह उसका धर्म होता है क्योंकि जानवरों के पास धर्म का कोई विचार नहीं होता। अपनी विचारों की पूर्ति की क्षमता भगवान ने मनुष्य को दी है। अपने मन को नियंत्रित करने की क्षमता हासिल करना, धर्म के अनुगमन का रास्ता है। आप को अपने मन पर नियंत्रण करने की क्षमता हासिल करनी चाहिए। संत ज्ञानेश्वर और संत तुकाराम ने हमें इसका रास्ता बताया। लेकिन मनु इनसे एक कदम आगे थे और सिर्फ धर्म ही देश को बचा सकता है।

भिड़े ने जिस तरह खुल्लमखुल्ला भक्ति आंदोलन के संतों पर हमला किया, उससे यह सवाल उठा कि आखिर लोगों की धार्मिक भावनाएं आहत करने के लिए

उन्हें गिरफ्तार क्यों नहीं किया गया। जनवरी 2018 के भीमा कोरेगांव हिंसा में उनकी कथित भूमिका और हिंसा के बीच उनके खिलाफ प्रथम सूचना रिपोर्ट दायर होने के बावजूद उन्हें गिरफ्तार नहीं किया गया। सुर्खियां इस वजह से भी बनीं जब उन्होंने यह बयान दिया कि उनके बगीचे के आम से निःस्संतान दंपति को संतान हो सकती है। यही बकवास उनकी वास्तविक भूमिका और उनको खारिज किए जाने के बीच बार-बार आती है। भिड़े को मोदी के गुरु और महाराष्ट्र के मुख्यमंत्री देवेंद्र फडणवीस के संरक्षक के तौर पर देखा जाता है। मोदी ने उनके बारे में एक प्रसिद्ध वक्तव्य दिया था 'मैं उनके अनुरोध पर नहीं बल्कि उनके आदेश पर उनसे मिलने आया हूं'।

आचार्य धर्मेंद्र, संभाजी भिड़े और हिंदुत्व का हर अनुयायी मनु को सम्मान और प्यार के काबिल समझता है। उनके लिए *मनुस्मृति* संविधान से भी अधिक महत्वपूर्ण चीज है।

II

महाड सत्याग्रह की 90वीं सालगिरह के महज दो सप्ताह पहले 2017 के अंत में, राष्ट्रीय स्वयंसेवक संघ के विचारक इंद्रेश कुमार ने जयपुर में *चाणक्य गण समिति* द्वारा आयोजित एक कार्यक्रम में हिस्सेदारी की। इस कार्यक्रम में चर्चा का विषय था *आदि पुरुष मनु को पहचानें, मनुस्मृति को जानें*। कार्यक्रम के निमंत्रण पत्र में बताया गया था कि *मनुस्मृति* 'जातिभेद और जातिव्यवस्था' के विरोध में थी। इंद्रेश कुमार ने अपने संबोधन में बताया कि मनु न केवल जाति व्यवस्था के खिलाफ थे बल्कि वह गैरबराबरी के भी विरूद्ध थे। उनका यह भी कहना था कि इतिहासकारों ने मनु के बारे में दिग्भ्रमित करने वाली छवि पेश की है। उनका कहना था कि मनु सामाजिक सद्भाव और सामाजिक न्याय में दुनिया का सबसे पहला न्यायविद था। इंद्रेश कुमार का यह वक्तव्य पवार और अहिरे द्वारा जयपुर के उच्च अदालत में स्थित मनु की मूर्ति पर कालिख पोतने के कुछ माह पहले आया था।

इतिहास गवाह है कि 1949 के नवंबर में संविधान सभा ने भारत के संविधान पर अपनी मुहर लगाई, उसके सिर्फ तीन दिन बाद संघ के मुखपत्र *ऑर्गेनायजर* ने अपने

मनु का सम्मोहन

संपादकीय में न केवल इस संविधान को खारिज करने बल्कि *मनुस्मृति* को ही देश का संविधान बनाने की बात कही थी :

लेकिन हमारे संविधान में प्राचीन भारत के इस अनोखे संवैधानिक घटनाक्रम का कोई उल्लेख नहीं है। स्पार्टा के लिकर्गस या पर्शिया के सोलोन के बहुत पहले मनु के कानूनों को रचा गया था। आज तक *मनुस्मृति* में प्रस्तावित कानून दुनिया की प्रशंसा का सबब बनते हैं और स्वतःस्फूर्त पालन और पुष्टीकरण को निमंत्रण देते हैं। मगर हमारे संवैधानिक विद्वानों के लिए उसके कोई मायने नहीं हैं। (*ऑर्गेनायजर*, 30 नवंबर 1949)

दस साल पहले अपनी रचना *वी आर आवर नेशनहुड डिफाइंड* में गोलवलकर ने मानवता के सोपानक्रम को लेकर मनु के विचारों की हिमायत की थी :

विराट पुरुष, वह सर्वशक्तिमान जो अपने आप को प्रकट करता है (*पुरुष सूक्त* के हिसाब से), सूर्य और चंद्रमा उसकी आंखें हैं, तारे और आसमान उसकी नाभि से निर्मित हुए हैं, ब्राह्मण उसका मस्तिष्क है, क्षत्रिय उसके हाथ हैं, वैश्य जांघ हैं और शूद्र उसके पैर हैं। इसका मतलब यही हुआ कि ऐसे लोग जिनके यहाँ ऐसी चतुःस्तरीय प्रणाली है अर्थात हिंदू जन, हमारे ईश्वर हैं। ईश्वर की यह सर्वोच्च दृष्टि ही 'राष्ट्र' की हमारी अवधारणा है, जो हमारे चिंतन में पहुंची है और उसने हमारे सांस्कृतिक विरासत की विभिन्न अनोखी अवधारणाओं को जन्म दिया है।

1942 में गोलवलकर ने संघ के एक शिविर में व्याख्यान दिया। अपनी किताब *आरएसएस* में प्रोफेसर जयदेव डोले ने उसे उद्धृत किया है। इस व्याख्यान का पूरा हिस्सा देना समीचीन होगा :

हम इस संदर्भ में भगवान मनु और मछली की कहानी पर चर्चा कर सकते हैं। एक बार मनु ने पानी के बाहर एक मछली को देखा, जो मरने के करीब थी। उन्हें उस

पर दया आ गई और उन्होंने उसे अपने कमंडल में रख दिया। कुछ ही समय में मछली बढ़ने लगी और वह कमंडल उसके लिए छोटा पड़ गया। मनु ने उसे एक तालाब में छोड़ा और देखा कि तालाब भी मछली के लिए छोटा पड़ने लगा है तब उन्होंने उसे पहले एक छोटी नदी में, फिर बड़ी नदी में और बाद में समुद्र में पहुंचा दिया। जब एक भारी विपदा आई और समूची दुनिया समाप्त होने के करीब थी तब इस विशालकाय मछली ने अपनी पीठ पर मनु को रख कर उन्हें बचाया। जब प्रलय की घड़ी समाप्त हुई तो मनु ने समूची दुनिया का पुनर्निर्माण किया। राष्ट्रीय स्वयंसेवक संघ उसी मछली की तरह बढ़ रहा है। समूची दुनिया अपने आप को प्रलयकारी स्थिति में देखती है, मौजूदा नाज़ुक परिस्थिति को लेकर लोग भी बेहद डरे हुए हैं। बदहवास होकर भाग रहे हैं और अपने आप को बचाने की कोशिश में मुब्तिला हैं। हर तरफ अराजकता है। लोग इस कदर डरे हुए हैं कि वे शेर से भी लिपटने को तैयार है मगर संघ उन्हें जबर्दस्त आत्मविश्वास के साथ बता रहा है कि अगर हिंदू समाज संगठित हुआ, वह अपने धर्म को और अपने आप को इस तूफान से बचा लेगा। एक संगठित समाज अपने आप को तब भी बचा सकता है जब उपर से आसमान जबर्दस्त ताकत के साथ गिरने को हो।

डोले इस व्याख्यान के कुछ महत्वपूर्ण बिंदुओं को रेखांकित करते हैं। सबसे पहले, गोलवलकर राष्ट्रीय स्वयंसेवक संघ को *मनुस्मृति* के साथ जोड़ते हैं। यह व्याख्यान महाड सत्याग्रह की 15वीं सालगिरह पर दिया गया था, जब आंबेडकर और उनके अनुयायियों ने *मनुस्मृति* का दहन किया था। भारत के बारे में संघ के नजरिए और भारत के बारे में आंबेडकर के नजरिए के बीच गोलवलकर ने एक मोटी रेखा खींच दी थी। दूसरी महत्वपूर्ण बात यह है कि उन दिनों भारत, एक अहम उपनिवेशवाद विरोधी विद्रोह – भारत छोड़ो आंदोलन – के बीच में था। संघ इस आंदोलन से कहीं से भी नहीं जुड़ा था। जिस जन आंदोलन ने ब्रिटिश शासकों को हिला दिया था, इसकी चर्चा किए बिना, गोलवलकर हिंदुओं को संघ से जुड़ने के लिए कह रहे थे, एक ऐसे संगठन से जिसकी इस उपनिवेशवाद विरोधी संघर्ष में कोई भूमिका नहीं थी। वह निष्क्रियता की हिमायत करते हैं और पीछे देखने के लिए लोगों का आह्वान करते हैं। संघ के नेता

के. आर. मलकानी (1921-2003) अपनी किताब द *आरएसएस स्टोरी* में इस बात को स्वीकार करते हैं कि गोलवलकर को *मनुस्मृति* के साथ हिंदुओं को अपने प्राचीन रिश्तों को समाप्त करने की कोई वजह नहीं दिखाई पड़ती थी'।

मनु की किताब के सम्मोहन में गोलवलकर अकेले नहीं थे। विनायक दामोदर सावरकर, जिन्होंने पहली दफा हिंदुत्व की संकल्पना पेश की, वह इस किताब की जबर्दस्त तारीफ करते हैं और उन्हें लगता था कि इस किताब को ही भारतीय संविधान होना चाहिए था। *मनुस्मृति* में स्त्रियों से संबंधित अपने आलेख में वह लिखते हैं,

> *मनुस्मृति* वह ग्रंथ है जो हमारे हिंदू राष्ट्र के लिए *वेदों* के बाद सबसे अधिक व्यवहार्य है और जो प्राचीन समय से हमारी संस्कृति – रिवाजों, चिंतन और व्यवहार – का आधार रहा है। हमारे राष्ट्र की आध्यात्मिक और दैवी यात्रा को उसी ने सदियों से संहिताबद्ध किया है। आज भी करोड़ों हिंदुओं द्वारा अपनी जिंदगियों में और आचरण में जिन नियमों का पालन किया जाता है वह *मनुस्मृति* पर आधारित है। आज *मनुस्मृति* ही हिंदू कानून है।

सावरकर से गोलवलकर तक, गोलवलकर से मौजूदा समय तक, भारत के संविधान को बदनाम करने और साथ-साथ *मनुस्मृति* की हिमायत करने की चाल चली जा रही है ताकि समानता पर आधारित ग्रंथ को सोपानक्रम पर आधारित किताब से प्रतिस्थापित किया जाए।

III

2017 में, संघ सुप्रीमो मोहन भागवत ने हैदराबाद में अखिल भारतीय अधिवक्ता परिषद को संबोधित किया। भागवत ने कहा कि संविधान 'विदेशी स्त्रोतों के आधार पर' लिखा गया है, जो एक ऐसा मसला है 'जिसे संबोधित करना चाहिए'। उनका कहना था कि 'इस देश की मूल्य प्रणाली के अनुकूल' संविधान को बदलना चाहिए। इस प्रसंग के कुछ माह बाद भाजपा से जुड़े केंद्रीय मंत्री अनंत हेगड़े ने कर्नाटक में

एक कार्यक्रम में कहा कि संविधान को बदलना चाहिए और उसे 'आने वाले दिनों में बदल दिया जाएगा'।

भागवत और हेगड़े गैर नहीं हैं। भाजपा के चुनाव घोषणापत्रों में नियमित तौर पर भारतीय संविधान की समीक्षा की बात की जाती रही है। जब अटल बिहारी वाजपेयी भारत के प्रधानमंत्री थे (1999-2004) तब उन्होंने संविधान के कामकाज की समीक्षा के लिए राष्ट्रीय आयोग का गठन किया था, जिसकी अगुआई न्यायमूर्ति एम. एन. आर. वेंकटचलैया ने की थी। आयोग ने अपनी अंतिम रिपोर्ट 2002 में जमा की थी, लेकिन वह मामला आगे नहीं बढ़ सका क्योंकि वाजपेयी सरकार उतनी मजबूत नहीं थी।

जब उमा भारती मध्यप्रदेश की मुख्यमंत्री थीं तब उन्होंने गौहत्या पर पाबंदी लगाने के लिए एक अध्यादेश जारी किया था जिसमें जनवरी 2005 में सरकार की तरफ से जो आधिकारिक वक्तव्य जारी हुआ, उसमें *मनुस्मृति* के गुणों की प्रशंसा की गई थी। बयान में कहा गया था, '*मनुस्मृति* गाय के हत्यारे को नरभक्षी, दरिंदे की श्रेणी में शुमार करती है और उसके लिए सख्त से सख्त सजा का प्रावधान करती है'। आजाद हिन्दोस्तान के कानूनी इतिहास में यह पहली दफा था कि किसी अध्यादेश या कानून को *मनुस्मृति* का आधार प्रदान किया गया था।

संविधान को बदनाम करने और *मनुस्मृति* को नवजीवन देने की कोशिश संयोग वश नहीं है। वह संघ-भाजपा के एजेंडा का अनिवार्य हिस्सा है। महिलाओं और उत्पीड़ित जातियों के बड़े हिस्से को मानवाधिकार से वंचित करने की परियोजना है। मालूम हो कि दलितों और आदिवासियों के कल्याण और सशक्तिकरण के लिए नव-स्वाधीन मुल्क द्वारा लिए गए सकारात्मक कार्रवाई के कार्यक्रमों को गोलवलकर ने कभी उत्साह से नहीं देखा। उन्होंने इसके प्रति अपनी असहमति यह कहते हुए दर्ज करा दी कि इसके जरिए शासक वर्ग हिंदू सामाजिक एकता की जड़ों पर चोट कर रहे हैं और अतीत में जिस सद्भावपूर्ण माहौल में हिंदू धर्म के तमाम संप्रदाय एक पहचान की भावना के तहत रहते थे, उस भावना को चोट पहुंचाई जा रही है। निम्न जातियों की दुर्दशा के लिए हिंदू समाज व्यवस्था के जिम्मेदार होने की बात से इंकार करते हुए उन्होंने संवैधानिक प्रावधानों को आपसी वैमनस्य बढ़ाने के लिए जिम्मेदार ठहराया :

डॉ. आंबेडकर ने अनुसूचित जातियों के लिए विशेष प्रावधानों की बात, भारत के 1950 में गणतंत्र बनने के, दस साल बाद तक के लिए की थी मगर वह अब भी लगातार चल रहे हैं यहाँ तक कि उन्हें विस्तारित भी किया जा रहा है। जाति के आधार पर विशिष्ट अधिकारों को देने से उनके अंदर अलग रहने के लिए स्वार्थी तबका तैयार होगा। यह शेष समाज में उनके एकीकरण में बाधा पहुंचाएगा।

IV

शूद्रों की स्थिति को लेकर मनु का कानून एक दिलचस्प स्थिति को रेखांकित करता है। सिर्फ इसी वजह से कि उन्होंने हिंदुओं की मानसिकता को ढाला है और शूद्रों के बारे में उनके रुख को निर्धारित किया है। यह न केवल आज बल्कि पहले से चले आ रहे समय में भी हिंदू समाज का सबसे विपुल हिस्सा है। नीचे उन्हें अलग-अलग मदों में स्पष्ट किया है ताकि पाठक के लिए समग्रता में यह जानना संभव हो कि शूद्र समाज को मनु ने क्या ओहदा प्रदान किया है।

– आंबेडकर

मोदी कहते हैं कि वह डॉ. आंबेडकर के 'शिष्य' हैं। लेकिन जहाँ मनु की बात आती है, उन दोनों के बीच एक लंबी खाई और चौड़ा फासला दिखाई देता है।

मोदी हिंदुत्व के भक्त हैं। हमने पहले भी देखा कि हिंदुत्व के गुरुजन मनु की रचनाओं के हिमायती रहे हैं, यह ऐसी चीज है जो उन्हें डॉ. आंबेडकर से अलग करती है। मोदी की किताब *ज्योतिपुंज* पहली दफा 2008 में गुजराती में प्रकाशित हुई थी, जिसमें उन्होंने राष्ट्रीय स्वयंसेवक संघ के 15 कार्यकर्ताओं की जिंदगी के बारे में बताया है। इनमें से अधिकतर लोग संघ के दायरे के बाहर अपरिचित हैं। इस किताब में गोलवलकर को केंद्र में रखा गया है। मोदी उन्हें अच्छे संगठनकर्ता, एक समर्पित व्यक्ति और महान प्रतिभावाला व्यक्ति घोषित करते हैं। मोदी कहीं भी गोलवलकर से असहमत नहीं होते, कम से कम मनु के बारे में।

ऐसा नहीं दिखता कि गुजरात के मुख्यमंत्री और देश के प्रधानमंत्री के तौर पर

मोदी कभी जाति व्यवस्था और जातीय सोपानक्रम जनित अपराधों को लेकर अधिक चिंतित रहे हैं। जबकि उनका कहना है कि वह खुद जाति व्यवस्था की असंगतताओं या असम्मतियों का शिकार रहे हैं। उन्होंने वर्चस्वशाली जातियों के लिए 10 फीसदी आरक्षण का ऐलान करने में देर नहीं लगाई ताकि वह प्रमाणित कर सकें कि वह इन समूहों को लेकर कितने चिंतित रहते हैं। *मनुस्मृति* के विश्व दृष्टिकोण को कहीं से भी कोई बुनियादी चुनौती उनके चिंतन में नहीं दिखती।

स्वच्छता के बारे में मोदी का नजरिया यह बताता है कि उन्होंने किस हद तक जाति व्यवस्था की बुराइयों को जज्ब किया है। और सबसे खराब बात यह है कि प्राचीन भारत के बारे में वह अजीब सा सम्मोहन रखते हैं। संसद में मोदी ने कहा कि 'पंडित नेहरू के चलते भारत को जनतंत्र की प्राप्ति नहीं हुई, जबकि अपने ''समृद्ध इतिहास'' से ''सदियों पुरानी समृद्ध जनतांत्रिक परंपराओं से'' उसे वह हासिल हुई'। उनके मुताबिक 'जनतंत्र इस देश में और हमारी संस्कृति में एकाकार है'। आखिर वह क्या साबित करना चाहते हैं जब वह कहते हैं कि जनतंत्र 'हमारी संस्कृति में है'? जाति के सोपानक्रम को भला जनतांत्रिक कैसे कहा जा सकता है? प्रोफेसर डी. एन. झा ने इस संबंध में *इंडियन एक्सप्रेस* में लिखा था ताकि प्राचीन भारत के बारे में इन दावों की समीक्षा की जा सके। उनका कहना था कि 'जिसकी कतारों से निकले मोदी प्रधानमंत्री बने हैं' इतिहास का ज्ञान कभी उस राष्ट्रीय स्वयंसेवक संघ का मजबूत पक्ष नहीं रहा है। प्राचीन भारत में गणतांत्रिक राज्यों की उपस्थिति के बारे में झा लिखते हैं,

> अगर वह प्राचीन भारतीय इतिहास से परिचित होते तो वह जानते कि जनजातीय सभा (संथागार) में कुलीनों और क्षत्रियों का बोलबाला रहता था। गुलामों और कामगारों का इसमें कोई स्थान नहीं रहता था। सभा के सदस्यों को राजा कहा जाता था और लिच्छवियों में 7,707 राजा थे, जो सभा में बैठते थे और सभी क्षत्रिय थे। उनके राज्य का प्रमुख एक सेनापति था, इस शब्द से राजतंत्र के सेनाध्यक्ष का बोध होता है। जनतंत्र तो दुर की बात है बल्कि लिच्छवी राज्य एक कुलीनतंत्र था।

> यह राज्य कार्यकारी फरमानों और विधेयकों के जरिए अपनी प्रजा पर सख्त

नियंत्रण रखते थे, जो उनके गैर-जनतांत्रिक स्वरूप को उजागर करता है, खासकर जिस तरह वह लड़कियों की शादी के नियम बनाते थे या जिस तरह वे 'असमान जन्मों' के लोगों के बीच सहभोजन को प्रतिबंधित करते थे। झा लिखते हैं,

> ऐसे नियम उन कानूनों से बेहतर नहीं थे जिन्हें धर्मशास्त्रों के ब्राह्मण लेखकों ने विकसित किया था। अगर बारीकी से देखें तो लिच्छवी, शाक्य और मल्ल के यहाँ राजतंत्र का पूरा साजो-सामान मौजूद था। इतनी उम्मीद अवश्य की जा सकती है कि अपने जीर्ण-शीर्ण और पुराने पड़ चुके विचारों को प्रस्तुत करने और इस तरह मुल्क के लोगों को गुमराह करने के पहले दुनिया के सबसे बड़े जनतंत्र का प्रधानमंत्री मुल्क के अतीत के बारे में अधिक जानकारी रखे।

प्राचीन भारत के बारे में मोदी के दावे अज्ञान की उपज नहीं हैं। वे 'क्षत्रियों के गणतंत्र' को 'जनतंत्र' के लिए, वर्चस्वशाली जातियों के शासन को आदर्श मानने वाले चिंतन को महिमामंडित करने की जरूरत से उपजे हैं। यहाँ आधुनिक जनतांत्रिक नियमों और डॉ. आंबेडकर जैसे लोगों के नजरिए के प्रति तिरस्कार साफ झलकता है।

V

संघ के बुद्धिजीवी दो बातों के लिए जमीन तैयार कर रहे हैं : पहले, दलितों एवं स्त्रियों को लेकर अंजाम दी गई हिंसा में *मनुस्मृति* के शामिल होने को लेकर उसे दोषमुक्त साबित करने और दूसरे, जाति व्यवस्था तथा जाति सोपानक्रम से ध्यान हटा कर – अन्य, मुख्यतः मुसलमानों को – सदियों से चली आ रही हिंसा के लिए जिम्मेदार ठहराने। इसी मकसद से संघ के बुद्धिजीवी अपने लिए 'अनुकूल आंबेडकर' गढ़ने में मुब्तिला हैं, एक ऐसे 'सूटेबल आंबेडकर' जो इस दोहरे विपथगमन में उनकी मदद कर सकें।

संघी बुद्धिजीवियों द्वारा लिखी गई किताबें, लेख और पुस्तिकाएं नियमित तौर पर *मनुस्मृति* को महिमामंडित करती रहती हैं, वहीं वे आंबेडकर को भी अपने साथ जोड़े

रखते हैं। के. वी. पालीवाल की किताब *मनुस्मृति और आंबेडकर* (हिंदू रायटर्स फोरम, 2007) इसका एक उदाहरण है। पालीवाल नियमित तौर पर राष्ट्रीय स्वयंसेवक संघ के एक करीबी प्रकाशन, सुरुचि प्रकाशन के लिए लिखते रहते हैं, जिन्होंने इनकी किताबें भी प्रकाशित की हैं। जिनके शीर्षक उनके नजरिए को उद्घाटित करते हैं – *ईसाइयत की असलियत, जिहाद क्या और कैसे?, भारत इस्लामी राज्य की ओर, हिंदू जागरण : क्यों और कैसे?; मनुस्मृति और आंबेडकर* शीर्षक किताब में पालीवाल *मनुस्मृति* को नए सिरे से पढ़ने की जरूरत को रेखांकित करते हुए लिखते हैं,

> यह पुस्तक उन लोगों के लिए लिखी गई है जिन्हें यह भ्रम है कि स्वयंभू मनु की *मनुस्मृति* हिंदू समाज में आज व्याप्त जाति-पांति, ऊंच-नीच और छुआछूत का समर्थन करती है। इसका दूसरा उद्देश्य इस भ्रम को भी दूर करना है कि मनु, शूद्रों और स्त्रियों के विरोधी और ब्राह्मणवाद के समर्थक हैं। इसका तीसरा उद्देश्य आधुनिक युग के समाज सुधारक और दलित नेता डॉ. भीमराव आंबेडकर द्वारा *मनुस्मृति* के संबंध में फैलाई गई भ्रांतियों को भी सप्रमाण दूर करना है। यहाँ सभी उद्धरण बाबासाहब आंबेडकर के *संपूर्ण वांग्मय* (खंड 1 से 14, परिशिष्ट 1) से दिए गए हैं। डॉ. आंबेडकर ने खुद इस बात को स्वीकार किया कि वह संस्कृत भाषा पर प्रभुत्व होने का दावा नहीं करते हैं। (*हू वेअर द शूद्राज़*, वॉल्यूम 13, पेज 3)। दुर्भाग्य से डॉ. आंबेडकर ने *मनुस्मृति* पर वेद विरोधी मैक्समूलर के संपादित संस्करण के आधार पर लिखा, जिसका अंग्रेजी अनुवाद जार्ज बुहलर ने किया था, जिससे कई भ्रांतियां पैदा हुईं। अगर बुहलर के बजाए उन्होंने रंगनाथ झा द्वारा अनुवादित और 1920-24 में प्रकाशित संस्करण को देखा होता तो कम भ्रांति पैदा होती। हिंदू धर्म पर लिखी अपनी रचनाओं में डॉ. आंबेडकर ने *मनुस्मृति* के 475 श्लोकों का इस्तेमाल बार-बार किया है, इनमें से 200 श्लोक स्त्रियों, ब्राहमणों और शूद्रों से संबंधित हैं, जिनमें से अधिकतर मिलावटी हैं। अगर हम इन मिलावटी वेद विरोधी श्लोकों को हटा दें तो हम पाएंगे कि मनु और आंबेडकर में कोई फर्क नहीं है।

पालीवाल की प्रस्तावना यह भी दावा करती है कि *मनुस्मृति* के कुल 2865

श्लोकों में से लगभग 56 फीसदी बाद में मिला दिए गए हैं। वह किन्हीं डॉ. सुरेंद्र कुमार का उल्लेख करते हैं, जिन्होंने बाद के 'मिलावटों' के मद्देनजर *मनुस्मृति* को संशोधित किया है और 1985 में एक *विशुद्ध मनुस्मृति* प्रकाशित की है। पालीवाल आगे लिखते हैं कि 'अगर यह *विशुद्ध मनुस्मृति* 1935 के आसपास ही उपलब्ध होती तब डॉ. आंबेडकर यह समझते कि वर्णों के बीच फर्क प्राकृतिक होता है और फिर *मनुस्मृति* को लेकर इतना विरोध नहीं होता। पालीवाल की किताब कथित तौर पर 'इन भ्रांतियों को तार्किक ढंग से' दूर करने के लिए लिखी गई है।

संघ से संबद्ध बुद्धिजीवियों की *मनुस्मृति* के साफसुथराकरण (सैनिटाइजेशन) की यह कोशिश लंबे समय से चली आ रही है, भले ही इस साफसुथराकरण का मतलब 'प्राचीन हिंदू ग्रंथों' का भी परिशोधन करना हो। 2017 में राष्ट्रीय स्वयंसेवक संघ के आनुषंगिक संगठन *संस्कार भारती* के नेता अमीर चंद ने संस्कृति मंत्री महेश शर्मा से यह अपील की कि ऐसी गतिविधियों को प्रोत्साहित किया जाए जिससे 'प्राचीन हिंदू ग्रंथों की सही छवि' लोगों के सामने प्रस्तुत की जा सके। अमीर चंद इस बात से चिंतित थे कि यह ग्रंथ दलित विरोधी तथा स्त्री विरोधी दिखते हैं। इन हिस्सों का नया रंग-रोगन जरूरी था। *मनुस्मृति* की एक किस्म की रीब्रांडिंग के लिए नए अनुसंधान की आवश्यकता थी।

> मनु का जन्म 8,000 साल पहले हुआ। *मनुस्मृति* के कई संस्करण हैं, जो उनके जन्म के 5,500 साल बाद लिखे गए हैं इसलिए उन लेखकों एवं उनके लेखन की विश्वासार्हता पर सवाल उठाना जरूरी है। यह अनुसंधान का मामला है, किसी को इस पर ध्यान देना चाहिए।

अमीर चंद के इस प्रस्ताव का आधार पत्रकार सूर्यकांत बाली की किताब *भारत गाथा* (जागृति प्रकाशन, 2015) है। संघ जिस किताब के विद्वतापूर्ण होने का दावा करता है, वह किताब अपने दावों को पुष्ट करने के लिए कहीं भी स्रोतों को चिन्हित नहीं करती।

VI

सर टी. माधव राव ने अपने वक्त के हिंदू समाज के बारे में कहा था, 'अपने लंबे जीवनकाल में मनुष्य जब चीजों का अवलोकन करता है और सोचता है, तब उतनी ही गहराई से उसे यह महसूस होता है कि पृथ्वी पर हिंदू समुदाय जैसा और कोई समुदाय नहीं है जो राजनीतिक बुराइयों से कम और स्वतःदंडित, स्वतःस्वीकृत या स्वतःनिर्मित और टाले जाने योग्य बुराइयों से कहीं अधिक परेशान रहता है'। यह नजरिया बिल्कुल सटीक है और बिना किसी अतिशयोक्ति के हिंदू समाज में समाज सुधार की जरूरत को अभिव्यक्त करता है। सबसे पहले समाज सुधारक गौतम बुद्ध थे। समाज सुधार का कोई भी इतिहास उनसे ही शुरू होना चाहिए और भारत में समाज सुधार का कोई भी इतिहास उसके बिना पूरा नहीं हो सकता जो उनकी महान उपलब्धियों की अनदेखी करता है।

– डॉ. बी. आर. आंबेडकर, *द अनटचेबल ऐंड पैक्स ब्रिटैनिका*, 1931

क्या डॉ. आंबेडकर ने *मनुस्मृति* को गलत ढंग से पढ़ा था, जैसा कि पालीवाल का दावा है? यह कहना मात्र भी इस महान विद्वान को अपमानित करना है, एक ऐसी शख्सियत जिन्हें भलीभांति समझ में आ रहा था कि वह क्या पढ़ रहे हैं और उसे किस तरह पढ़ा जाना चाहिए। उनके लेखन का विशाल दायरा, चुने हुए विषयों की व्याप्ति और उनका गहरा ज्ञान इसी बात को प्रमाणित करता है कि वह *मनुस्मृति* जैसी किताब को सिर्फ ऊपर-ऊपर नहीं देख रहे थे और इसलिए वह मनु की रचनाओं को ठीक से संदर्भित कर पा रहे थे।

आंबेडकर के लेखन में एक अधूरी पांडुलिपि दिखती है – *रेवोल्यूशन ऐंड काउंटर रेवोल्यूशन इन एंशीएंट इंडिया* – जिसे आंबेडकर की संकलित रचनाओं के तीसरे खंड में प्रकाशित किया गया है। इस विशाल परियोजना के तहत सात किताबों को लिखने की योजना थी, हालांकि वह इस काम को पूरा नहीं कर सके। आंबेडकर यह तर्क करने वाले थे कि बौद्ध धर्म प्राचीन भारत का सबसे महत्वपूर्ण इंकलाब था। ब्राह्मणों की

अगुआई में चली प्रतिक्रांति में उसे शिकस्त दी गई। अपनी रूपरेखा में उन्होंने तेरह अध्यायों की फेहरिस्त बनाई थी, जो इस प्रकार थी :

1. उत्खनन पर प्राचीन भारत
2. प्राचीन शासन – आर्य समाज की स्थिति
3. गर्क पुरोहितशाही
4. सुधारक और उनकी नियति
5. बौद्ध धर्म का पतन और विनाश
6. ब्राह्मणवाद का साहित्य
7. ब्राह्मणवाद की जीत
8. घर के रीतिरिवाज – *मनुस्मृति* या प्रतिक्रांति का ग्रंथ
9. प्रतिक्रांति की दार्शनिक हिफाजत (कृष्ण और उनकी गीता)
10. *विराट पर्व* और *उद्योग पर्व* का विश्लेषण
11. ब्राह्मण बनाम क्षत्रिय
12. शूद्र और प्रतिक्रांति
13. महिलाएं और प्रतिक्रांति

आंबेडकर के लिए, *मनुस्मृति* 'हिंदू समाज में संपन्न सबसे बड़ी सामाजिक क्रांति का रिकॉर्ड है'। वह समझते हैं कि यह किताब एक विधि की किताब है जो आंशिक तौर पर नीतिशास्त्र है, तो आंशिक तौर पर धर्म। आंबेडकर, *मनुस्मृति* को 'प्रतिक्रांति का ग्रंथ' समझते हैं। आंबेडकर बताते हैं कि इस प्रतिक्रांति का मकसद 'बौद्ध धर्म को शिकस्त देना और ब्राह्मणवाद को पुनर्स्थापित करना था'। आंबेडकर रेखांकित करते हैं कि यह किताब, ब्राह्मणों को विशेषाधिकारों से लैस करती है और ब्राह्मण सत्ता की दावेदारी के लिए तथा उसे बनाए रखने के लिए जबर्दस्त हिंसा का प्रयोग करती है। आखिर ब्राह्मणवाद बौद्ध धर्म के खिलाफ क्यों था? इसका एक मुख्य कारण है कि बौद्ध धर्म दरअसल ब्राह्मणवाद की जड़ पर चोट करता है, वह जाति व्यवस्था और

जाति सोपानक्रम को खारिज करता है। यह मुमकिन है कि उस वक्त जाति व्यवस्था उतनी कठोर नहीं थी जैसी वह बाद में बनी, इसके बावजूद यह बात रेखांकित करने लायक है कि बौद्ध धर्म ने सोपानक्रम के सिद्धांत पर ही हमला किया। बुद्ध के दृष्टिकोण पर अमल कर बौद्ध धर्म शुद्धता और शूद्र के अपमान के विचार पर सीधे हमले के रूप में सामने आया। भिक्खु के तौर पर सभी समान होंगे। ब्राह्मणवाद पर बौद्ध हमले की यही अंतर्वस्तु थी। इसी वजह से, *मनुस्मृति* बौद्ध धर्म को विधर्मी या धर्मभ्रष्ट मानती है। तीन प्रावधानों के उल्लेख से खुद आंबेडकर उस दुश्मनी को परिभाषित करते हैं जो *मनुस्मृति* में बौद्धों के बारे में नजर आती है। आंबेडकर इन्हीं बौद्धधर्मियों का आदर करते हैं और 1956 में वे उनके साथ जुड़ भी जाते हैं :

1. ऐसे लोग जो ईशनिंदा करते हैं . . . राजा को चाहिए कि उन्हें अपने राज्य से निकाल दे।
2. भेस बदलकर रहने वाले यह डकैत, जो राजा के राज में रहते हैं लगातार अपनी बुरी हरकतों से सुयोग्य प्रजा को क्षति पहुंचाते रहते हैं।
3. जल से बने मद्य को उन लोगों या ऐसी आत्माओं को नहीं अर्पण किया जाएगा, जो तयशुदा रिवाजों की उपेक्षा करते हैं और जो व्यर्थ जन्म लिए होते हैं या जो जातियों के अवैध संमिश्रण से जन्मे होते हैं या जो विधर्मी संप्रदायों के योगी होते हैं और जो खुदकुशी करते हैं।

VII

अपनी एक अहम किंतु अप्रकाशित पांडुलिपि *फ़िलॉसफ़ी ऑफ़ हिंदुइज्म* में डॉ. आंबेडकर *मनुस्मृति* से लेकर फ्रेडरिक नीत्शे, नीत्शे से लेकर नात्सियों तक एक सीधी रेखा खींचते हैं। इस आलेख को संभवतः 30 के दशक के उत्तरार्द्ध में या 40 के दशक के पूर्वार्द्ध में लिखा गया था क्योंकि यहाँ आंबेडकर नात्सीवाद के बारे में वर्तमान काल में लिख रहे हैं, जबकि नात्सियों को 1945 में शिकस्त मिली थी। आंबेडकर लिखते हैं कि 'नात्सी, अपनी वंशावली नीत्शे से रेखांकित करते हैं और उसे ही अपना

आध्यात्मिक गुरु मानते हैं। नीत्शे की एक मूर्ति के पास हिटलर ने अपनी एक तस्वीर भी खिंचवाई है। उसने अपने गुरु की पांडुलिपियों को अपने खास संरक्षण में रखा है। नीत्शे के लेखन के हिस्से चुने जाते हैं और नात्सीवाद के समारोहों में नई जर्मन निष्ठा और विश्वास के तौर पर उनकी उद्घोषणा होती है'। आंबेडकर लिखते हैं कि यह बात विवाद से परे है कि नीत्शे, नात्सियों में प्रिय थे।

इसी बीच आंबेडकर लिखते हैं, नीत्शे की सुपरमैन की संकल्पना हिटलर को बेहद पसंद थी, वह सीधे *मनुस्मृति* से निकली थी। अपनी रचना *ऐंटी क्राइस्ट* (1888) में नीत्शे बेहद आत्मीयता से मनु की विधि की किताब को 'लॉ बुक ऑफ़ मनु' लिखते हैं। इसी से कुछ साल पहले आई नीत्शे की रचना *दस स्पेक जरथ्रुष्ट* (1883) में ऐसा प्रतीत होता है कि विधि निर्माता जरथ्रुष्ट मनु का ही कोई रूप है। आंबेडकर लिखते हैं '*दस स्पेक जरथ्रुष्ट, मनुस्मृति* का ही नया संस्करण लगता है'। नीत्शे के लिए ब्राह्मण, सुपरमैन की श्रेणी में ही शुमार थे।

आंबेडकर *मनुस्मृति* से उद्धृत करते हुए कहते हैं – 'शूद्र को ब्राह्मण की सेवा करने दो' और फिर कहते हैं, 'हिंदू धर्म सुपरमैन का सुसमाचार है और वह यही शिक्षा देता है कि सुपरमैन के लिए जो चीज सही है वही नैतिक तौर पर भी सही और अच्छी है'। ये मजबूती से रखी गई बातें हैं और यह कहना कि आंबेडकर ने अध्ययन नहीं किया या उन्होंने गलत पढ़ा था, अपने आप में आश्चर्यजनक है। वह नीत्शे की व्याख्या करते हैं और मनु की रचना के आशय व निहितार्थ देखते हैं। और यह निहितार्थ फासीवादी है। वह लिखते हैं, 'हिंदू धर्म के दर्शन की समानांतर बातें नीत्शे में मिल सकती हैं,' और ये लिखे जाने के आधी सदी बाद नात्सीवाद की फंतासियों में परिणत होती हैं।